contos céticos

contos céticos   adriana lunardi

1ª edição

EDITORA RECORD
RIO DE JANEIRO • SÃO PAULO
2024

CIP-BRASIL. CATALOGAÇÃO NA PUBLICAÇÃO
SINDICATO NACIONAL DOS EDITORES DE LIVROS, RJ

L983c   Lunardi, Adriana
            Contos céticos / Adriana Lunardi. - 1. ed. - Rio de Janeiro : Record, 2024.

            ISBN 978-85-01-92124-6

            1. Contos brasileiros. I. Título.

                                   CDD: 869.3
23-87523   CDU: 82-34(81)

Meri Gleice Rodrigues de Souza - Bibliotecária - CRB-7/6439

Copyright © Adriana Lunardi, 2024

Todos os direitos reservados. Proibida a reprodução, armazenamento ou transmissão de partes deste livro, através de quaisquer meios, sem prévia autorização por escrito.

Texto revisado segundo o Acordo Ortográfico da Língua Portuguesa de 1990.

Direitos exclusivos desta edição reservados pela
EDITORA RECORD LTDA.
Rua Argentina, 171 – Rio de Janeiro, RJ – 20921-380 – Tel.: (21) 2585-2000.

Impresso no Brasil

ISBN 978-85-01-92124-6

Seja um leitor preferencial Record.
Cadastre-se no site www.record.com.br
e receba informações sobre nossos
lançamentos e nossas promoções.

Atendimento e venda direta ao leitor:
sac@record.com.br

Ele estava ou não estava lá.
Não estava, se eu não o visse.

Henry James

Ninguém responde. A vida é pétrea.

Carlos Drummond de Andrade

Sumário

Silêncio, exílio — 9
Script girl — 19
Bodas de pó — 39
Animal extinto — 47
Biografia e correspondência — 73
Toda história em Paris é uma autobiografia — 85
Enquadramento — 125
Bildungsroman — 135
Condições do tempo — 141
Nota do destino — 155

Agradecimentos — 157

Silêncio, exílio

I

Um sadismo me fazia ficar. Nunca pensei em ir embora, o que indicava mais curiosidade que amor-próprio, um traço comum entre os ficcionistas. Todo o meu ser, de fato, vibrava ante o inesperado, o absurdo e as variações do terror, tão banais no dia a dia. Foi contrariada, no entanto, que desviei a atenção da leitura quando o estrangeiro apoiou o peso no antebraço e fez menção de se levantar.

Água?, convidou.

Consultei o mar.

Um inimigo saído do escuro mais escuro postou-se à minha frente, com as mãos na cintura, encobrindo a paisagem, uma enseada de granitos nas pontas e ilhas rochosas no centro. Tentei varrer dos olhos aquele corpanzil de cabeça minúscula e mãos tamanho bebê: a pose de fisiculturista indicava, afrontadora, o quão fácil seria fechar a minha glote entre os dedos.

Essa visão me acompanhava desde a infância. Pela intimidade com que se acercava, suponho termos sido amigas, antes de ela voltar contra mim um ódio que só podia ser vingativo. Contudo, ela não possuía, e aqui estava o meu trunfo, uma consistência maior que a da miragem e costumava mudar de aparência. Já fora um abismo e um cano de revólver. Às vezes assumia a forma de um cão.

Bastaram duas piscadas para a figura fantasmal se desfazer e, num rodopio, infiltrar em meus poros uma substância capaz de converter sangue em gelo.

Muito revolto, sentenciei, em um tom de censura. O estrangeiro escutou sem se impressionar, respondendo eu vou, e num pulo ficou em pé.

Fixei por um instante a silhueta desenhada contra o gomo vermelho do guarda-sol. É um invasor, tive certeza, e traz criptonita.

Emulei um sorriso, claramente cortês, a que ele correspondeu com idêntica largueza antes de sair em um trote desajeitado pelo chão que fervia.

II

Não perder de vista era o mais importante.

Sentada no veludo marinho e branco, com grades invisíveis à volta, eu procurava distinguir o sinal que separa um perigo real de uma catástrofe imaginária. A linha do horizonte servia de régua. O céu era excluído, assim como a faixa fincada de bandeiras, ombrelones e castelos farelentos. Ia-se embora também o que lhes correspondia em ruídos. Dali por diante, o vento seria o único a falar comigo.

Nas extremidades, as fortificações de granito desfaleciam, e mesmo o arquipélago, até então um precioso enfeite de gargantilha, tornava-se um enervante adereço a que dar sumiço. Só um retângulo de água me interessava.

Entre a fenda estreita das pálpebras, a minha disputa com o oceano começava. Os olhos contra as ondas, a força de um chumbo líquido a desafiar o poder volúvel da observação.

Concentrada, eu acompanhava em detalhes os avanços e retrocessos de quem enfrenta um caminho de recusas. Ondulações primeiro, cristas contra costelas depois, um caixote às vezes. Então o intervalo, a chance de progresso na curta calmaria de um vale, a faixa lisa a dissimular uma raiva contida, acumulada, antes da arrebentação.

III

Não era preciso cobrir grandes distâncias naquela praia até se chegar ao fundo. O assoalho marítimo tinha um declive de tombo, e um degrau deixava os banhistas sem pé, de repente, a poucos metros da beira.

Era sobre esse abismo que o estrangeiro, de costas, estirava-se para boiar.

Um arrepio em meus ombros acusou um começo de insolação. Tateei na toalha uma garrafa e sorvi goles quentes sem largar os olhos do inimigo.

Veja quem se deitou em meu leito, a massa líquida provocava, erguendo pesadas muralhas que lançavam o meu estrangeiro para cima e, sem dar a perceber, o atraíam para dentro com um desdém aliciante, nefando, até tornar remota qualquer chance de barganha.

Havia uma felicidade, eu não ignorava, em abandonar-se àquele dorso movediço e gentil que suportava o peso de um corpo com a graça de um passeio fora da atmosfera. O contato de naturezas tão distintas parecia dissolver as ligações duras das moléculas e unir, num lance, átomos de estrutura mais indecisa, tornando a carga de oitenta e dois quilos tão abstrata quanto um pensamento. De peito aberto, com os braços em cruz, o estrangeiro se entregava à teia que o encarcerava.

Já não sabia dizer àquela altura o que era pressentimento, recordação ou devaneio. Só via, sob um disfarce líquido, a presença de um deus antigo, desses que assumem formas loucas para enganar um mortal e, uma vez conseguido, largar à própria sorte, dizendo, com escárnio, a você cabia defender-se de meus caprichos, eu só queria me divertir um pouco.

De onde surgira a enfermidade em meus olhos, o quanto era grave, que nome tinha?

IV

Ele percebera que a nossa barraca ficava sempre a dois passos da guarita dos guarda-vidas, vizinhança que eu escolhia apresentando muitas razões, menos a sincera. Alegava haver ali um melhor enquadramento para o morro Dois Irmãos, onipresente em toda a orla, ou ser aquele o trecho onde menos pombos ciscavam os restos de lixo. Usar argumentos de fumaça para desviar do real motivo me fazia parecer misteriosa com coisas desimportantes. Louquinha, o estrangeiro dizia, a mapear uma a uma as minhas fobias, mesmo quando eu as preferia escondidas, puxando entre nós uma cortina de mau humor e introversão para encerrar logo o assunto.

Não confesse, eu me proibia, aparentando a calma perfeita de quem não repete em voz alta um desígnio.

Se posto em palavras, aquele receio viraria sortilégio, destino, porque era assim que o meu pensamento funcionava desde que eu o conhecera num desses bares onde os encontros nunca passam de um engano, coisa que eu dava por certa e, de forma preventiva, flertava com ironia, pois flecha nenhuma atravessa tal escudo, até a noite em que as notas de um alaúde, extraídas por entre seus dedos, me deixaram em silêncio.

Alaúde, dedos – quanta presunção, a dele, a minha.

(De que palavras eu precisava para entender que aquilo era amor?)

Mantive a postura na hora, mas me vi na soleira de uma servidão voluntária, ansiosa para atender àquele tirano risonho qualquer que fosse o pedido.

Antes de me submeter, contudo, eu quis uma garantia. Espremi um segredo, uma falha que borrasse a aura de sonho que contornava o estrangeiro. Um defeito, expliquei, para eu detestar quando fosse necessário, porque o dente lateral lascado e o corte esquisito de cabelo não eram nada; talvez eu sugerisse um reparo, depois, vendo neles pistas de uma insegurança que eu já pressentira quando, ao se alongar num relato ou numa lembrança, e temendo, em seguida, ter falado demais ou dito coisa errada, ele lançava um olhar oblíquo para investigar a minha reação.

Não sei nadar, confessou.
Avaliei o dano em silêncio.
(Que outras coisas importantes ele não sabia?)
A minha alma tinha mais problemas, refleti, guardando a comparação entre os vasos de gerânio enfileirados na bancada da janela. Lembrei, então, que se chamavam cloroplastos os órgãos responsáveis pela fotossíntese e pela cor verde dos vegetais.
Ninguém vai perceber essa deficiência quando chegar o fim do mundo, comentei, depois da pausa para a nota incômoda sobre plantas.

V

Então ele mergulhou.
O mar era agora um caldo de humanos e peixes combinados em proporções esdrúxulas, a prole de um tabu, a reunir na aparência, por castigo, o pior de cada espécie.
Um impulso de agir ferroou-me os tornozelos para ficar em pé, de prontidão, porém uma alma de mil anos me acorrentou ao solo, rebaixando à monstruosidade de um bestiário qualquer iniciativa de ser, do estrangeiro, a salvadora.
O inimigo pulsava em minhas veias. Continue assim, a brincar com os erros, parecia cutucar, eles são o seu paraíso.

Juntei um punhado de areia e deixei escorrer entre os dedos, contando os segundos que ele permanecia submerso. Em apneia, eu tentava garantir, através de uma transfusão mágica, o oxigênio necessário até o estrangeiro voltar à tona.

Um tumulto de riscos prateados e poços escuros corrompia as minhas pupilas, que corriam desavoradas de leste a oeste, perdendo, na confusão, o retângulo certo a ser vigiado.

De tanto antever, quase perdi o instante em que o torso furou a superfície no arranque ansioso de um bípede fora de seu meio. Demorei a decidir, em meio a lâminas e punhais afiados, se era real aquele busto instável, que em gestos enérgicos removia o excesso de água acumulado nas sobrancelhas e no cabelo lambido.

(Eu queria bem ali o poder de um alfinete a atravessar uma libélula, levá-la para casa, expor em segurança num quadro na parede da sala.)

Com os olhos livres de sal, o estrangeiro olhou para a orla e conferiu o quanto a corrente o tinha arrastado. Mesmo sem ter ido parar longe, voltou às ceifadas e se alinhou com a toalha em solo firme onde eu estava para não me perder de vista nem por um instante. Movemos levemente o queixo quando nossos olhares se cruzaram, a confirmar eu te vejo, te vejo também, à diferença que nele refulgia o êxito de um guerreiro que sai de campo com glória e com vida enquanto eu assumia sozinha todos os cálculos de uma batalha.

Lealdade a quem nos mata, recitou o meu inimigo.

VI

Assim que ele pôs os pés em terra firme, a paisagem marinha retomou sua vigência. As ondas, antes assassinas, mal passavam de marolas de meio metro. O que fora uma boca de precipício era um tranquilo aquário onde Netuno repousava. Na implosão de uma boia de plástico que volta à superfície, os promontórios e as ilhas se reposicionaram sem que ninguém lhes tivesse dado por falta.

Outra vez eu me enganara, e aquele erro de previsão me acalmava.

A tragédia sumia de meu rosto.

Ficaria no mundo real, agora.

Daqui a pouco.

Script girl

As mensagens piscam na tela a toda hora. Pessoas que eu mal encontrava antes, quando podíamos sair à rua, escrevem para sondar se me contaminei, se preciso de ajuda, se estou viva. Alguns mais ansiosos precisam desabafar em longas e repetitivas ligações telefônicas. Um timbre de pânico encobre o tom confiante, ganhador de causas, com que exortavam ainda há pouco pelo fim do silêncio em que eu me havia exilado. Aquela reclusão passara da medida, sugeriam, tomava ares de vício. Eu concordava mansamente de modo a fazer passar por salvadores aqueles conselhos tão abnóxios quanto a recomendação de comer cinco porções diárias de legumes. A minha falta de progresso, porém, era frustrante. Provava ser inútil dar caso de quem não ajuda a si mesma. Os telefonemas se espaçaram. Eu estava como a pedir um castigo. Voltaram a amiudar, soando com o abatimento de quem foi apresentado à foice. Compreendi o seu idioma, parecem transmitir na voz cava e contrita de quando se penetra um templo. Ou depois de se passar algum tempo no escuro. A maioria não tinha visto a morte de tão perto, tão disponível, tão descarada, e a impotência humilhante de tal encontro se transfigura em corações quebrados e mãos em prece no lugar de assinatura ao final dos textos.

Vinha de muito para mim, eu dizia, a rotina de isolamento, acídia e desemprego que embola todo mundo, agora, com a eficiência própria do mal. Então a conduta de me fechar em casa, tida antes por um distúrbio, se revelava, à luz da ciência e da política, uma estratégia inteligente de sobrevivência.

Da noite para o dia, todos ficaram parecidos comigo.

Talvez seja uma inferência que faço, apenas, uma dedução extraída do posto de veterana que subitamente me atribuem, cercando-me de um interesse novo, como se fosse essa a hora de ouvir os tristes.

O que eu uso para suportar os dias? Remédios controlados? Fé? Terapia? Ante a minha reticência, que podia reforçar a ideia de uma disposição ao escapismo, sendo apenas a certeza de não estar sã para reportar a verdade, eles passam a meditar em voz alta sobre as escolhas erradas de vida.

Suas palavras vêm fáceis, sopradas pela ira, impacientes de ação.

A geração de escritores de tevê, a minha, desiludida como noutros tempos um membro de partido, anseia por recomeçar pelo campo, trabalhar a terra, buscar junto à natureza a nova poesia e, tão sérios quanto Bouvard e Pécuchet, reverter pelo convívio a opinião dos fascistas. Querem perdoar mais e possuir menos, dizem, com o sentimento vivo que há nos contos de ilusão perdida e nas almas exaustas do capitalismo. De meu lado, dedico àquelas confissões uma escuta paciente, meio desligada, encarando-os como alunos lentos que necessitam um par extra de horas até completar o arco intransferível de um aprendizado.

Enquanto ouço, minha atenção se volta para as peças do tabuleiro aberto sobre a mesa do escritório, onde a luz solar abre um talho por dezesseis minutos no verão, doze no outono e regride abruptamente a sete. Desenvolvi interesses pequenos nesses últimos tempos, um repertório de temas nada efervescentes que, ocupando o raciocínio sem o perturbar, são ótimos às longas convalescenças. Assim, dedico-me a calcular a incidência de sol pelo retângulo luminoso que se move pelo piso e estudar as aberturas clássicas do xadrez. Por necessidade, também pesquiso nas plataformas financeiras online maneiras seguras de investir o meu fgts, único capital de que disponho para pagar o aluguel e as outras contas, além de um magro seguro de vida do qual fui a beneficiária e que tem se provado um dinheiro difícil de usufruir.

Ao escurecer, visto a máscara cirúrgica e saio para os meus cinco mil passos diários, que cobrem sem dificuldade o perímetro do bairro onde moro. Na rua, encontro apenas cães, seguranças de gravata e moradores em tendas de vinil. A luz fria projetada por farmácias e supermercados desanima como uma visita aos corredores de uma câmara mortuária. Nos edifícios, o soar das panelas se faz pontualmente. Enquanto o noticiário contabiliza as mortes do dia, a cidade sem vacina lança gritos de genocida.

Depois de esfolar a pele com água quente, engulo uma sopa descongelada e planto girassóis nas fotos do Instagram. A um conhecido que posta o retrato do avô, acrescento uma frase de condolências. Seleciono um filme em DVD, o terceiro de Melville, a obedecer a uma lista que me impus para matar tempo com disciplina.

Quando a madrugada se instala, e ao silêncio se soma outro silêncio, me sinto pronta para abrir um arquivo em que faço anotações sem regularidade, ao modo de um autoexame, gênero para o qual me falta tanto a prática quanto a contenção monástica que lhe serviu de berço. Ah, Tebas, para onde me levaste? Fui criada à solta pela loba da ficção. Seu leite, contudo, que bem me nutria, tornou-se tão caro nesses anos que lhe esqueci o gosto.

Por tentar enganá-lo com novos credos, o monitor devolve cal quando o fito. A minha folha corrida, a bem da verdade, mal completaria um capítulo. Tenho bastante idade, porém a soma de anos pode ser a única posse de um envelhecido. Viajei pouco. Amei pouco. Vivi justíssimo. Li, em troca, admito, e uma biblioteca mesmo modesta forma um juízo. Se há risco, a ficção é o abrigo, acreditei lá atrás, quando existia tempo e existia beleza, e desde então tenho assim me conduzido, sem indagar a sério qual é o prazo de um pacto ou que sabedoria existe em jurar sobre o jurado afora o valor de uma superstição. Desvio os olhos para o tabuleiro. Em xadrez nunca se volta um lance feito. Não seria o caso, me pergunto, de dar a partida por encerrada, a escrita por encerrada, ou algo pior, tudo junto? Consulto a opinião da tela. O marcador de caracteres pisca feito um punhal na imensidão de um arquivo em branco. Bem nessa hora vibra no celular uma mensagem de Gus.

O lugar que ele ocupa é seguro. Mantenho-o à superfície, livre de enredos, ao sabor das correntes, com a luz necessária para que eu possa, de onde estou, redesenhar os seus contornos com a ponta do indicador. Uma silhueta bem definida ajuda. Ele tem um físico de sócio de detetive em um filme francês ou num policial da época em que o cinema americano piscou para a Europa. Um tipo robusto, desconfortável na gabardine extragrande, sapatos lustrosos e rosto de quem dorme pouco. Luc, se chamaria, ou Tom, sempre um nome curto, mais para o apelido, a indicar haver ali uma relação estreita, leal, desgastada apenas pelo atrito do tempo. Um perfeito irmão. Desde as primeiras frases, Luc/Tom deixa escapar sua desilusão com a raça humana, com as mulheres em particular, o que enfraquece nele uma já titubeante resistência ao vício. Come demais, perde nos cavalos, deve a um agiota. Ainda assim, não deixa escapar uma pista. É ele quem realiza o trabalho duro, a parte suja, na fronteira da lei, que fará o sócio, em quem a gabardine cai feito luva, parecer brilhante ao final da investigação. Para Tom, não há glórias. Até o escudo de Aquiles serviria apenas para abreviar sua participação já curta no combate. Ele morre cedo, no primeiro de três atos. Encarna o sacrifício de sangue, momento em que o protagonista é testado ao extremo a fim de convencer o público de que, embora demonstrasse um caráter vacilante, algo preguiçoso no início, se trata positivamente de um herói. Nesse ponto, as dúvidas do personagem principal cessam: Tom está morto, hora de agir.

É quando murcha o meu interesse pela história. Queria ter ficado lá atrás, na parte em que o mistério, para ser resolvido, necessitava do raciocínio cínico, do espírito enérgico, algo picaresco, do meu investigador intrépido em busca de evidências; queria saber mais sobre Tom.

Na verdade, a cada domingo crescia a minha reserva para com os mocinhos. Os durões tinham uma voltagem emocional histérica, atormentada, para a qual eu torcia o nariz. Os bonitos, muito convencidos, rifavam sua importância criando rivalidades sanguinárias entre as pretendentes. Já os bonzinhos, francamente, causavam vergonha. O fardo de precisarem guardar a todo custo uma imagem, defender um ideal Marlboro, um símbolo de masculinidade, deixava os galãs, a meu ver, vassalos de um papel, acomodados em uma trama medíocre, gabolas. Os Toms, ao contrário, eram mais simples. Tinham um ar prático de quem está de passagem e um ânimo de dar a volta por cima; um tato sem esperanças, nem por isso magoado, de quem já levou muita surra. Em sua mesa, a pilha de papéis por assinar indicava um horror ao sedentarismo e ao trabalho burocrático dos escritórios. Pelos recados transmitidos pela secretária, ninguém nunca os esperava em casa.

Um Tom disputa sem chances a atenção da estrela e escarnece de si mesmo ao levar um fora. No trabalho, mantém o senso de aventura que deposita no jogo, a mesma vibração de tudo ou nada, o júbilo idêntico em ganhar ou perder. Com isso, afasta qualquer indagação quanto ao que lhe vai de fato no íntimo. Nossos olhos, por assim dizer, batem e escorregam naquela armadura festiva. No gesto detido ao acomodar o chapéu no cabideiro, porém, quando seu olhar fixa o vazio e os lábios esticam um sorriso em lugar de resposta, Tom manifesta uma riqueza maior do que a percebida.

Um chapéu não cobre a consciência da minha desgraça, a hesitação furtiva parece comunicar, uma palavra calada contém uma verdade maior do que se a deixasse por escrito, indica o seu silêncio. Nessa hora, em uma espécie de freio, o cinema inteiro é rebaixado a uma audiência sem sofisticação, incapaz de enxergar o despiste irônico no retrato de um solitário.

Havia naquele rasgo filosófico do Tom-que-sabia--que-ia-morrer uma condição de permanente queda que me enternecia. Um desses eu namorava, decidi, absorvendo o sentimento trágico do mundo ao mesmo tempo que começava a me interessar por rapazes.

O corpo de Tom costumava aparecer estirado em um beco com uma folha de jornal a lhe cobrir a cabeça. Seu fim podia também ser marcado por uma imagem do chapeleiro vazio, da mesa limpa no escritório ou do nome de sócio já apagado do letreiro.

Nesse ponto, eu apertava a tecla rewind, rebobinando o filme até o começo e revendo à exaustão os dezoito minutos que me interessavam. Quase sempre ficava sem saber o final, me contentando a devanear com a primeira parte, indiferente à solução do delito, que era sempre uma trama de punição aos gananciosos por dinheiro, poder e sexo.

De tanto assistir só ao trecho que importava, o meu interesse por personagens secundários por fim se esclareceu – não de vez, com trombetas e um anjo anunciando, nada tão magnífico. Uma hipótese se esboçou tímida, meio envergonhada, na primeira vez, para retornar mais firme, corajosa, até exibir o esplendor de uma equação resolvida. O que se forjava em mim no escuro da sala nada tinha a ver com romance, nem com a fantasia de dar um jeito na vida errática de Tom, ter com ele um lar estável, filhos – o ideal de felicidade completa até para Lisa Freemont. O que eu tramava em sigilo era, no momento exato em que o galã aparecesse na tela, conduzir Tom pela manga do casaco até a rua mal iluminada, sem turistas, onde costumam nascer as boas ideias e as grandes conversas. Queria que tomássemos uma cerveja, doze cervejas, trinta cervejas. Queria saber tudo sobre ele. Queria contar as histórias dos tristonhos e tímidos que acabam cedo.

Deve existir um primeiro Tom a ter cutucado essa minha preferência. Não guardo, contudo, a lembrança exata de um rosto. Se forço pela memória, consigo apenas vislumbrar uma paisagem, uma lagoa em plano geral, com uma cadeia de montanhas ao fundo, mas também em uma vista de dentro, uma imagem submersa, opalina, apontando para a superfície onde, à contraluz, tremula o recorte de uma silhueta. É o único registro confiável de Tom. Em vez dos habituais traços duros de uma fotografia, ele se identifica na forma lábil e cambiante de uma sensação, de um sentimento.

Notei de longe em Gus a desenvoltura salpicada de ansiedade que o tornava instantaneamente um íntimo. Sem ser alvo de seu interesse, pude apreciar com liberdade o modo afável e expansivo com que ele circulava entre as rodas de uma festa ao ar livre, a trocar cumprimentos e beijos de bochecha. Entre um grupo e outro houve um momento de pausa, um passo retido, propositadamente demorado, em que seu semblante nublou, golpeado talvez por uma lembrança incômoda que ele tentou disfarçar, tornando-a, a meus olhos, mais chamativa.

Foi só quando ele chegou perto de mim, de novo extrovertido e amistoso, é que decidi mantê-lo à superfície, como em um invólucro, para preservar a constância de seu brilho e manter aquele enigma inconcluso de fábula. Gus permanece assim, entre camadas mais ou menos turvas. Não o toco, ele não me alcança, está tudo bem. Às vezes envio-lhe uma pérola e mordisco as migalhas que chegam aqui no fundo. Em um rito próprio à minha tirania dou-lhe um apelido, porque Augusto, além de um nome longo, é um título.

Antes de Gus houve César, e antes deste, Tibério.
    Eram a prova de que o Tom de verdade existia.
    Tibério, o mais belo, trazia a chaga de um amor perdido, que eu lambia, ofertando um bálsamo sedante enquanto procurava descobrir qual era o gosto de uma dor que nunca cicatriza (sal, ferro e leite morno). César, um pastor de nuvens, movia-se com a elegância de um tigre no silêncio operoso da caça, a divisar na savana indistinta, monótona, a localização exata de uma presa.
    Tibério sabia o que fazer com as mãos; um deus risonho habitava entre os dentes de César e a minha nuca. Nenhum dos dois era eterno, uma falha que, mesmo dentro da lei, não os absolvia.
    Em Tibério havia um esforço para começar de novo, vergando os andrajos de um casamento falido, de que tinha a gentileza de não se queixar, mas que o assombrava e, aposto, assombra ainda. Aquilo em

nada me ofendia. Eu estava mais curiosa em ter um ponto de vista próprio sobre o amor. A soleira em que ele me deixava, na condição de segunda amada, convinha como grano salis ao meu caráter especulativo. Era de fato um alívio existir um cordão entre o meu lado da história, que decorria em um tempo fresco, sem baús de arrependimento, e aquela metade ruminante, admoestatória, feito uma parábola de velho testamento, à qual ele cedia, deixando-a guiar os modos de satisfação que pode haver em uma vida. Trabalho, amigos, livros: sobram poucas forças quando se carrega o estandarte de um coração partido.

É preciso acrescentar, para ser justa, que a minha formação sentimental tinha outras horas, passadas entre os Dramas Históricos e a Poética. O tutor de Alexandre e o súdito do império não ajudavam a evitar assassinatos e injustiças, porém tornavam suas razões visíveis, tiravam os esqueletos intactos de sob a lama e, sobretudo, ensinavam o que fazer de um amor que não se cumpre: render-se ao peso da rejeição, explorar seu potencial vingativo e acrescentar-lhe um traço apolíneo (deve restar uma esperança na bainha mesmo em um final apocalíptico). A arte não deve ser mais atroz do que o destino.

Tomada a lição, um corte seco foi o escolhido. Ia pôr no papel o motivo, gastar um tesauro de despedidas quando senti na garganta um gosto de cinzas. Não podia amar em Tibério senão aquela ferida. Fechada, ela o deixava de mãos vazias. Depus a caneta e saí para sempre – a única forma digna de comunicar a morte de um sentimento.

Abri, assim, passagem a César, o favorito.

Ele tinha a atenção muda de quando se contempla o mar ou outra coisa grandiosa ante o que a filosofia declina. Um silêncio malicioso de quem fermenta uma ideia, busca sua melhor expressão e sai-se com um reparo espirituoso a furar de riso a atmosfera solene que outro dito, vindo de uma alma solipsista ou menos aparelhada, instalaria. Ao encontrar César, conheci a natureza luminosa do humor. O mundo tornou-se um lugar mais fácil, desfrutável e ardente, como se antes, pela minha seriedade, eu apenas o tivesse temido.

César aperfeiçoou a personagem de Tom com um remate inesperado. Dando de ombros, afugentou a ameaça que o espreitava a ponto de me fazer esquecê-la. O que foi um erro, só percebido depois, em um comentário descuidado, na desatenção enquanto eu falava de um assunto interessante, e, golpe final, na ausência de vírgula em uma mensagem. Com as mãos espalmadas, cobri os lábios de César, interrompendo uma mentira e empurrando-o até que só houvesse entre nós distância e uma traição a ser jamais esquecida. Amei-te o quanto se ama, dizia o bilhete que ele deixou preso por um ímã na geladeira. Era bonito demais para ser dele. Rasguei na hora. Os finais são trovejantes, a poesia é para os inícios.

O pesar que eu só conhecera em teoria e fora motivo de inimizade e ira antes de César cobria-me agora de igual ferimento. Virei a criatura magoada e hostil que só na dor encontrava alguma satisfação. Transformei-me em uma espécie de Tibério.

Não vim aqui para chorar César, nem fazer um passeio entre tumbas (jaz aqui o amor, bom enquanto), embora eu morresse a cada vez que o amor morria, o que se dava sempre mais cedo, porque em nossa era a velocidade ganhou um valor artístico. Mal conseguia me consolar de uma perda e ocorria uma perda maior, diabólica, explosiva, enquanto eu ainda estava lá atrás, congelada na cena de um chapeleiro vazio, a me valer de expressões que qualquer autor usaria sem receio (naquele instante, de repente, súbito) a fim de dar um curso diferente à história antes que os créditos finais aparecessem na tela.

Então, Gus.

Depois de muitos equívocos, reservo-me o direito de dissimular uma curiosidade periférica, flutuante, enquanto examino a existência de uma cicatriz, um sinal, com que distinguir um Tom. Surpreende serem tão raros. O mais comum é, sob a pele de um tímido, existir um astro de grandeza incerta, aguardando uma reclassificação de brilho e perder, assim, a calidez que tanto me atrai. Aos poucos, percebo também que a cautela costuma filtrar os perfis conforme a hora, o ângulo e a turbidez de meus pensamentos, criando dúvidas quanto à possibilidade de existir alguém, ainda, a ocupar a camada fina em que foi guardado. Uma matéria borbulhante de ansiedade e culpa me obriga a examinar Gus direito.

Ele está vestido para um outono que só existe na Cinecittà. Avança por entre as roseiras, e sua gabardine produz um bailado de bandeira ao vento. No mais, tudo nele tem um traçado objetivo, concentrado, infenso aos apelos da arquitetura e da jardinagem ao redor, como se ele, sendo quem era, tivesse pisado lugares mais bonitos. Os muito ricos têm esse traquejo. Carregam, por onde vão, uma atmosfera própria, um vapor de confiança trazido de um país natal a que poucos têm acesso. Uma outra classe, apenas, demonstra possuir semelhante indiferença: a dos afeitos à leitura, e dentre esses os míopes, para quem qualquer cenário, excluindo a página escrita, possui o encanto de um borrão. Por isso, há como que um encaixe oportuno, uma atenção demorada, que passa por interesse específico, quando algo ou alguém está a poucos centímetros do rosto desses tipos.

Gus chegou à minha roda quando os cristais nas mãos e as línguas ferinas estavam apenas no aperitivo.

O melhor chegaria depois de três taças, quando então triunfaríamos, inteligentes, espirituosos, perfeitos. O vírus que iria acabar com todas as festas estava além dos muros, fermentava em uma caverna, num laboratório ou no mercado público de Wuhan. Ninguém conhecia o seu poder, ainda. Éramos como aqueles ricos, aqueles míopes.

Seu rosto não me é estranho, Gus começa, com um sorriso confiante, levemente orgulhoso, astuto. O olhar direto, insistente, só à beira de provocar desconforto recua, passando à pessoa ao lado com a mesma intensidade, como se distribuir a atenção por igual o livrasse de assumir um compromisso particular. Então volta a fixar os olhos em mim, testando o efeito de sua manobra, a avaliar se funcionava aquela bandeja de promessas e o desamparo que, quando retirada, ela deixava. Sustento o desafio, a sugerir estar de olho no prêmio e aceitar, assim, uma comunicação em segredo.

O flerte é a ficção preferida de um Tom. Sabendo que irá se retirar cedo, gasta tudo o que possui em olhares espichados, elogios ambíguos, subentendidos. Quer deixar uma impressão, mesmo instantânea, mesmo brutal, mesmo ridícula, antes de perder o papel, ao qual ninguém presta muita atenção, a não ser eu, uma especialista em apontar na multidão aquele que terá um tempo finito.

Demonstro um interesse difuso, o sim com um pouco de não que manterá Gus aplicado, a saborear por mais tempo o poder de uma conquista, porque as coisas inefáveis, as insinuações e o clima libertino compõem, também para mim, as horas favoritas. A realidade completa me deixa fria.

Para ele, sou toda olhos, toda ouvidos, toda modos. Anoto de cabeça umas frases inteligentes, formuladas com tanto esmero que, feito um anel folgado, não servem para mim. São endereçadas a outra pessoa, nunca nomeada, dona de castelos e com ares de musa, interessante a ponto de me deixar com ciúmes, porque ela não sou eu, embora pudesse assumir o posto se topasse vestir a alegoria, mas estou ocupada demais, tentando definir que instrumento aquela voz lembra, com que bicho ele se parece, em que desenho animado atuaria. Sobretudo, estou debruçada na tarefa de encontrar Tom em Gus.

Reservo-me o direito a imaginar.

Enquanto ele fala, exibe o tique de levar o indicador à testa e acariciar de leve as sobrancelhas, um par de ramos revoltos a encimar íris tão escuras quanto o círculo menor das pupilas. Reparo em suas mãos, pequenas para a estatura, e nos algarismos romanos de um relógio de pulso que ele consulta sob a manga da gabardine sem conseguir esconder, junto do gesto, um sobressalto. Com um presságio no semblante, ele examina ansioso o entorno, a essa altura tomado de convivas, como se temesse a entrada de um assassino. Ou de uma mulher.

A sina do primeiro ato.

Gus retoma o que dizia, a falsear o mesmo entusiasmo, mas agora só presto atenção em seus sapatos, na amarração estrangulada, infantil, dos cadarços, e nas meias grossas, de aparência artesanal, iguais às que Mrs. Ramsay tricotava para o menino do farol.

Então o reconheço.

A silhueta ganha a forma de um leão com as patas dianteiras no ar, vira a estátua de Churchill no Parliament Square e a figura lanceolada de uma conífera.

Essa composição, entre real e fabricada, muitas vezes ganha vida própria, abriga monstruosidades, mas o formato humano sempre retorna, porque o busco, estou sempre buscando, pela crua, independente e complicada atração que nenhuma outra iguala, salvo a da página em branco diante da qual me inclino e entrego o meu segredo – nunca a Tibério, a César ou a Augusto.

A mensagem de Gus é para saber se passei bem o dia. Nesse ano de peste, a saúde volta a ser um tópico, a recordar a saudação introdutória de uma correspondência antiga: espero que esta a encontre bem, assim como aos seus. Aportei em Santos e creio instalar-me por definitivo. Gosto da azáfama dos hangares, da gente chegando de toda parte, do vapor de barcos e trens. Suspeito que, além do entusiasmo do porto, bateu-me o cansaço da travessia, melhor, da soma de todas elas, que são no íntimo uma só. Escusado dizer que ninguém mais escreve com tamanho tato. A nossa eloquência toda está no emoji. A palavra é de outro tempo. Esses dias, que são os nossos, formam uma neblina sobre uma paisagem que não vemos direito e para a qual acenamos, a prolongar uma despedida, sem a mesma coragem de Antônio (um Tom, afinal) ao contemplar da janela o fim de Alexandria.

Nada muda para mim. Desperdiço as horas em uma resposta demorada, que nada tem de generosidade, nem de consolo, a não ser salvar um quê de ternura, um arrepio de poema e esse latejo de farpa entre o esterno e o diafragma, onde a anatomia diz não haver nada.

Bodas de pó

Os fios longos e espaçados têm o efeito de uma armação de arame com a trama larga demais para esconder o que há embaixo. A testa subiu ao topo e alargou-se nas laterais, deixando à mostra os ossos nada planos que formam a cabeça de Frederico. Enquanto ele desfia uma arenga sobre a beleza de ser pai outra vez, distraio-me à visão daquele crânio, que compõe, com o vaso de flores e o telefone celular sobre a mesa, um inesperado arranjo de *memento mori*.

É a segunda vez que nos encontrávamos sem que o motivo fosse a nossa filha. Uma troca de mensagens não era o bastante. Precisava de um encontro, escreveu, uma conversa na qual pudesse avaliar o tamanho do problema que tinha pela frente. Não pelo que eu diria, acrescentou, mas pelo meu silêncio.

Você é boa de silêncios, pôs, numa linha à parte.

Ele se demora no elogio à prole. Que os meninos usam qualquer aparelho eletrônico com intimidade, que possuem uma habilidade verbal inacreditável e são pessoas (três e cinco anos) cheias de pensamento próprio.

Verdade que ele sempre foi bom pai. Agiu de acordo ao ser empurrado para a responsabilidade. Agora é diferente. Olha para as crianças e vê nelas sábios de um templo que logo será derrubado. Uma catástrofe que ele antecipa e, sabe, não pode controlar.

Estica o assunto, evitando chegar, decerto, ao que realmente importa.

Não tínhamos costume de falar de nossos novos cônjuges, a não ser de passagem, rindo de alguma cena patética da vida a dois. Se o nosso casamento tinha fracassado, os outros também fracassariam, era o que ficava no ar, numa última fidelidade, talvez, que prometíamos um ao outro. Eu tinha dois fracassos. Estaria Frederico no terceiro? O caso dele era pior: não conseguia estar com uma mulher sem formar uma família. Nossa filha o odiava por isso. A mim também ela odiava, mas pelas razões tradicionais que as filhas odeiam as mães.

Ele contava com o meu silêncio, escreveu, apontando como qualidade o que fora um defeito monstruoso noutros tempos. O meu cetro imperial, Frederico dizia, no auge da revolta, querendo um nome, um motivo, uma explicação. Eu tinha um nome e um caderno de motivos. Jamais iria revelar. Precisava aguentar a crise, apenas. Esperar o solo ininterrupto de bateria virar o som de outro instrumento, um cello, um piano. E longos intervalos entre as notas.

O silêncio é que nos salvou de ferimentos graves, eu poderia dizer, e me calo. Gosto de pensar que tenho um cetro.

A garçonete de avental preto vem à mesa para os pedidos. Proibi a mim mesma de beber álcool. Da outra vez, quando ele precisou de um conselho sobre a troca de editora, acabamos num hotel. A conversa, é verdade, tinha sido melhor, nada desse pasmo tardio com a paternidade. Uma prova, afinal, de que o climatério avançou sobre ele do mesmo modo que avança sobre mim, amarrotando as últimas folhas de um suposto papel que tínhamos no mundo. Qualquer papel.

Um expresso duplo e uma água mineral, peço.

Frederico hesita.

Se importa se eu beber?

Qualquer coisa que faça você trocar de assunto, respondo, debochada.

Frederico faz um muxoxo de estudante repreendido.

A garçonete recita, com enfado, a carta de cervejas. Quando ele não identifica uma das marcas, ela repete a lista inteira, erguendo a voz, como a dirigir-se a um avô que não escuta direito. Aperto os olhos e leio um nome na gargantilha. Jade. Uma pedra. Quem a batizou esperava muito daquela filha. Não vai durar no emprego, é voluntariosa demais para o cargo. Devia ser gerente, comandar, mas vai ser atropelada logo, logo, pelo colega, que sorri mais do que ela e, ainda por cima, é homem.

Frederico pergunta que marca ela sugere, pondo na fala um tom suave de flerte. Não consegue evitar, é uma segunda natureza nele. Talvez a primeira. Sempre gostou de mulheres, sabe conversar com elas. O que piora a culpa em relação à filha, sua única filha, com quem não se entende.

Jade aconselha a cerveja mais cara do cardápio. Bingo. Ele não percebe, ou finge não perceber, a simetria que se estabelece no par. O coroa rico e a moça ambiciosa. Ela sorri, finalmente solícita. Passa a elogiar o gosto de Frederico, como se a escolha tivesse partido dele. Um cara de meia-idade, avalia, endinheirado, a um passo da cremação.

Dificilmente enxergará diante dela duas ovelhas negras disfarçadas sob o talco da idade. Jamais atribuirá a origem de nossas rugas a tinas de vodca e bons punhados de cocaína. A noitadas a três. Em grupo. Com pessoas do mesmo sexo. Não adivinhará tampouco a ficha corrida de traições, louças quebradas e portas batendo com violência. Para todos os efeitos, somos o equivalente a duas corujas aboletadas num canto, um pouco feias, mas dignas, às vésperas da extinção.

Quando ela se vai, Frederico massageia as têmporas. As pálpebras, com o tempo, desenharam uma tristeza falsa em seu semblante. Ele as mantém baixas, concentrado nos próprios punhos, e, quando me encara, um lume lhe atravessa o rosto, me puxando para outro lugar. Um fósforo aceso no fundo de seus olhos é o que basta para eu voltar a ser a garota dançando em volta da fogueira.

Ele suspira e, num gesto rápido, estica os braços sobre a mesa para pegar as minhas mãos, que se congelam, sem retribuir, enquanto ele insiste em mantê-las firmes, pressionando os dedos e sacudindo-os, como se quisesse me tirar de um sonho.

Estou ficando cego, diz, sem me olhar.

E começa a medir o meu silêncio.

Um riso irrompe no outro lado da cafeteria. Vozes se elevam sem controle, no alarido de um súbito pé de vento que ameaçasse estragar um piquenique. Todas as conversas parecem subir de tom ou foi só a nossa que se enforcou em uma frase.

Frederico abranda a força com que me continha e se recolhe no espaldar da cadeira. Sinto as mãos vazias num primeiro instante, depois a impressão de ter entre elas um objeto incorpóreo, pulsante e levemente frio. A descrição que eu faria ao segurar, se fosse possível, uma nuvem.

Ele desvia o olhar e estala a língua, como a reconhecer a inutilidade de tudo, mesmo de meu silêncio.

Tenho palavras a dizer, ao contrário do que ele imagina. Um palavrão, para começar. Depois perguntas sobre o diagnóstico, as tecnologias existentes, os tratamentos em outros países. Mas não foi para isso que Frederico me chamou.

Os joelhos sob a mesa tremulam de impaciência, sacudindo o piso de madeira até incluir-me no território instável onde a vida foi parar. Ainda assim, posso marcar com um alfinete o centro do seu desespero. Lá onde ninguém até agora chegou.

Tem de dar um jeito de continuar escrevendo, digo.

É só no que eu penso, ele concorda.

É no que deve pensar, afirmo, e sinto o chão alisar-se sob meus pés.

Os minutos à frente irão retomar as rédeas e ditar o que deve ser feito. A normalidade será reencontrada, lutará para isso até no leito do hospital – ou no outro. Mas não é ela, penso, sentindo um alívio de escapar por pouco. Não é a morte, ainda.

A garçonete traz os pedidos. Reacomoda o vaso de flores perto da janela enquanto Frederico guarda o telefone. Ela inclina o corpo sobre a mesa, alterando sutilmente a luz e o calor do espaço que ocupamos. Dispõe, primeiro, a xícara, depois o copo de cerveja e o líquido dentro. Método. Ordem. Leve traço de lavanda. Em silêncio, admiro aquele domínio com a bandeja como se fosse o gesto necessário para devolver a tranquilidade ao universo. Quando ela se vai, Frederico a segue com o olhar, apreciando, movido por uma força maior, o balanço de quando ela caminha. Ao voltar-se, suspira e, sem dizer, inclui mais esta às coisas que vão se perder na neblina. Então começa a falar de Dora. Não tenta mais escondê-la, como fazia antes, na tentativa de separar os mundos e pôr-se no centro de uma rivalidade que, de algum modo, admito, existia.

A xícara à minha frente permanece intocada. O motivo que me levou a escolher o café se apequena, envergonhado e murcho da antiga pretensão. Eu insistia em fazer esse teste. Tinha de saber, a cada vez, a minha importância para Frederico. Viera preparada para um escrutínio. Trocara de vestido três vezes e gastara meia hora para prender o cabelo nesse coque frouxo, falsamente desajeitado, deixando duas mechas soltas, desde o alto da cabeça, a se encontrarem no queixo para emoldurar o rosto, e afiná-lo, num desses infinitos truques que disfarçam os estragos da idade, a combinar com os cosméticos caros, feitos para dar a impressão de não se ter aplicado maquiagem nenhuma. Tudo para avaliar-me aos olhos de Frederico, para encontrar no discreto tremor de suas pupilas uma sentença de vida.

A estabilidade tem outro sentido, agora, ele prossegue, referindo-se ao casamento atual, à serenidade com que Dora lidou com a notícia, ao modo com que eles vêm criando os filhos.

No nosso tempo era diferente, diz, como se, ao mencionar as vantagens de agora, me devesse um crédito por outra espécie de felicidade. Instável. Extremada. Selvagem. Em lugar de ironia, contudo, ouço um tom de arrependimento em sua voz (o que é o fim de um casal senão um idioma que desaparece?).

É uma despedida, compreendo. Uma nova separação.

A luz que entra pela janela atenuou a fúria de antes. No lugar de traços firmes, uma nesga dourada reflete uma galáxia de partículas suspensas entre mim e Frederico.

Aqui começam, penso, nossas bodas de pó.

Tenho de me acostumar a viver outro tipo de exílio. Sem esse olhar, serei só o resultado de uma primeira impressão, da avaliação rápida que se faz de uma mulher sentada sozinha em uma cafeteria por onde circulam gerações cada vez mais jovens.

Sigo pensando nisso enquanto abaixo o cetro e trato de preencher as pausas da conversa com perguntas. Peço para ver uma foto das crianças e mostro uma selfie de nossa filha, enquanto ele se derrama de afeto. Mantenho a voz viva, tagarelante, de uma moça que entretém as visitas, sabendo que só quando estiver sozinha, no fundo da lavanderia, onde um poço se abre sem janelas para os vizinhos, poderá dizer de verdade o que sente.

Animal extinto

I

Em breve começam os efeitos de uma interrupção abrupta. Náuseas, ossos de gelatina e tímpanos em algazarra. Um mal-estar que me capacita, tenho esperança, para o que virá em seguida. Acostumar-me a viver enjoado, com uma colmeia invisível em meu rastro e uma sensação de queda a cada passo não garante, contudo, que eu esteja pronto para o pior. Convulsões e delírios são bastante frequentes, embora nem um nem outro me houvessem acometido ainda.

Fibra, têmpera, gravitas, repito, ao indagarem o segredo de minha resistência.

Os invejosos concluem tratar-se de uma vantagem genética; outros, menos céticos, atribuem meu equilíbrio à ascese e à prática da meditação. Não desminto. Se eu disser que são só as palavras, ninguém acredita.

— Estão mais lentas, percebe? — a voz chama atenção para as manchas coloridas indicando a atividade de meu cérebro. Concentro-me na azul com a forma de um pato. O pescoço, antes curto, se estica e adelgaça, ameaçando separar cabeça e corpo para retomar em seguida o desenho original. Nada posso afirmar quanto à velocidade: parece uma área bastante animada para mim.

— Sinal de que o córtex está quase limpo.

Vibrando as cordas vocais, forço um sinal de aprovação. Gachet, o mais enfatuado dos programadores, dá pouca importância à minha opinião. Os poucos diálogos que trocamos são ditados pela hierarquia bem grifada de sábio versus troglodita. Ele de fato carrega muitas medalhas no peito – e alguns tiros. Desenvolveu com um grupo de cientistas uma técnica pioneira em recuperar tecidos cerebrais necrosados, o que o trouxe para o Programa. Era o mesmo que dar emprego a Einstein. Sua reputação decaiu, contudo, após ele assumir o design da Guarda Hefestae, o controverso exército cyborg que protege a reserva de gelo de Nunavut. Nesse caso, era o mesmo que ter empregado Speer. Por ora, só me fora dado conhecer o aspecto irritadiço e impaciente de sua genialidade.

— Vamos ver o que tem armazenado aqui.

Com o desvelo de um escultor a avaliar o potencial de uma pedra, Gachet gira entre os dedos uma maquete contendo a ressonância magnética do meu cérebro. Sob o jaleco, ele veste um teatral terno de gala, a demonstrar um estado de prontidão para o caso de uma homenagem imprevista, uma visita oficial inesperada, um evento qualquer, enfim, que lhe adicionasse reputação. A gravata-borboleta, inseparável de sua figura, venceu pela constância do uso o efeito cômico inicial que, ao reprimir o riso, expressou-se em mim através de um engasgo. Com aquele adorno extravagante, raciocinei, Gachet forjava um emblema, um traço distintivo para além de sua perícia profissional. Uma assinatura que o fizesse ser lembrado por habilidades ocultas, inacessíveis a um leigo, que costumam criar uma aura de prestígio e aumentar os renomes. Calculada ou espontânea, aquela imagem construía-se maliciosamente na aba de um acessório bondiano. Goldfinger eu apostava. Era mesmo difícil despregar os olhos daquelas asas pretas. O horror e a galhofa num estreito laçarote.

— Sossegue — ele ordena.

Relaxo as unhas que mordiscam o estofado. As entranhas já aparentes da cadeira tornam pública minha ânsia de fuga.

— Foco!

A atenção plena para a qual fui treinado desde a primeira fase do Programa tem por risco conduzir ao sono. Por sorte os bocejos em nada atrapalham o curso do tratamento. Posso escancarar as mandíbulas, pigarrear e gemer sem cerimônias. A vantagem de uma convivência prolongada é afrouxar o julgamento quanto à falta de modos. Só os gritos e as remoções de urgência ainda impressionam por aqui, mesmo assim durante magros segundos, antes que volte a reinar o conformismo de quem é absorvido pela rotina de um jogo de eliminados.

No começo, ao esperar a vez na sala de recepção, eu media as chances de ser aceito para a reeducação comparando-me com os demais candidatos. Fazia estimativas baseadas em suas poses, no que tinham de entediadas, coléricas e ansiosas. Punha rótulos que iam de viciados em jogos a hackers interplanetários. Por passatempo, tentava adivinhar o motivo que os levava a aderir ao Programa. Boa parte provinha de reformatórios que ofereciam a desconexão voluntária como pena alternativa, o que o Ministério Público contestava, vendo no experimento uma missão suicida patrocinada pelo governo. Num breve futuro, a extração forçada de implantes e próteses seria um procedimento tão criminoso quanto o que permitiu, dez anos atrás, o ingresso de cidadãos em uma nova atmosfera sem os aparelhos adequados.

No fundo, não passávamos de cobaias para o grande desligamento marcado para o ano 50.

Como iríamos nos virar, era o que os cientistas do Programa queriam saber. O retorno ao mundo sensível, natural, ainda era viável ou já tínhamos, entre o sapiens e o transumano, um irrevogável elo perdido?

Até aqui, eu sabia o que iria perder, o que, por ora, bastava.

— Vamos iniciar a varredura.

A um simples ajuste em busca de detalhamento, as manchas coloridas em meu cérebro mostravam ser apenas a leitura grosseira de uma estrutura delgada e flexível em forma de malha a realizar um balé vibrátil, pulsante, sensível ao tráfego de sinais eletroquímicos.

Gachet afina as coordenadas até chegar ao que parece uma tranquila relva ondulante. Vai à caça das preciosidades com que me construí, seguindo um emaranhado de pistas clandestinas. As certidões tatuadas em minha nuca só fornecem o mapa de memórias introduzidas de forma legítima, que seguem protocolos rígidos de instalação. Os demais implantes costumam ser uma aventura por conta e risco.

— A biblioteca — exclama, aplaudindo a si mesmo por desvelar um dispositivo em uma topografia toda planejada para ser elusiva. É um trabalho equivalente ao de buscar em uma galáxia inteira a posição exata de uma rodovia. Gachet é do tipo que possui faro. Tem fama de minerar os neurônios falsos e os apliques de contrafação mais artisticamente ocultados. Ele cauteriza tudo no ato, deixando para trás uma bem costurada cicatriz e a ubiquidade de um dente morto.

— Refil — ordena, sem tirar os olhos da maquete.

Em grandes goles, sorvo um líquido contrastante com gosto de cereja. Imediatamente, as constelações de circuitos ganham o ajuste de cor e brilho de uma paisagem submarina. Um realce que tem por finalidade destacar, em meio à matéria orgânica, a massa opaca dos meus implantes.

— Peguei — ouço-o dizer com a alacridade de quem algema um criminoso.

Um odor de cabelo queimado empesta o ambiente. Insuflo as narinas, tentando por puro instinto adivinhar a procedência. Já nem me dou ao trabalho de comentar. É uma resposta compensatória do córtex à palavra cauterizar, uma comunicação de sinais eletroquímicos que pouco ligam se a origem do comando é real ou imaginária. Tudo está na cabeça, principalmente o que se sente, descobri, ao ter um aplicativo de rede social, o primeiro de muitos, extinto – desvitalizado, para usar o termo correto.

Com um tapa, Gachet afasta para longe a ressonância, e meu cérebro permanece flutuando de modo instável entre mim e ele.

Pela assinatura, descobriu que a inserção de meus livros fora feita por um não listado – o jargão para os programadores fora da lei.

— Não entendo por que vocês se colocam nas mãos dessa gente. Uns carniceiros!

O pessoal da ciência vive se queixando dos fornecedores. Alegam que os implantes ilegais prejudicam os profissionais sérios, o que nem sempre é verdade. Erros acontecem. Ao pagar mais barato por um dispositivo, podemos cair nas mãos de um artista ou de um falsário. Ninguém regula o mercado paralelo. Ninguém regula o mercado. Mesmo as clínicas autorizadas fazem barbeiragens. Na hora da instalação, todo mundo cata um atalho, encurta protocolos e instala o arquivo no primeiro espaço livre que encontra. O chip pode ser ótimo, a interação de dados perfeita, mas a anatomia reserva surpresas. No meu caso, um desvio moderado nas espirais do lobo frontal fez os circuitos da biblioteca irem parar numa área contígua à da visão – a mancha do tamanho de uma ervilha que aparece em minha maquete. Era tarde quando o instalador percebeu. Ofereceu-me o século V a.C. da coleção Vaticano com desconto para compensar a derrapagem. No embalo, acrescentou o acervo secreto da Accademia de graça.

— Vai dar trabalho — Gachet resmunga, mal-humorado. — Chegue cedo, amanhã — acrescenta, trocando o meu cérebro pela ressonância do próximo voluntário.

II

Atravesso um corredor penumbroso, orientado apenas pela iluminação vazada dos cubículos que ocupam o andar inteiro. Por trás de cortinas transparentes, um coro multiplica queixas e perguntas idênticas às minhas. Presidiam o céu que estrelas quando viemos à luz?

No saguão, onde os elevadores estão sempre fora de serviço, dou de cara com um grupo de avental e máscaras saindo da porta de acesso à escadaria. Detenho-me para ceder passagem, e os olhos da doutora Nihil, vulgo Rachael, cruzam com os meus. Ao me reconhecer, ela faz um sinal para que eu a siga. Estou atrasado, quero dizer, mas a autoridade do gesto me paralisa.

—Vai ser rápido — ela antecipa, com um otimismo de início de plantão.

A contragosto, arrasto-me até o consultório onde responderei às perguntas de controle para conferir se o meu desligamento está evoluindo direito. Quando os filtros de realidade começaram a ser retirados, a doutora Nihil passou a ser a orientadora responsável pelo meu processo de ressensibilização. É ela quem acompanha os ajustes e desajustes ao novo padrão, o que significa um retorno, em termos evolutivos, ao uso dos cinco sentidos, à ordem natural, apenas, para enfrentar a coisa feia e barulhenta da qual tanto tentei fugir.

— Em que ano estamos? — começa.

— 1888.

— Qual o nome do presidente?

— Imperador, você quer dizer. Dom Pedro II.

Rachael insinua um sorriso.

Ela demorou a entender o meu senso de humor. Nas primeiras entrevistas, quis me tirar do Programa por falta de seriedade. Acusou-me de deboche. O conselho disciplinar deliberou a meu favor, admitindo que os testes cognitivos careciam de aperfeiçoamento. Tinham chegado à conclusão de que as minhas respostas, conquanto absurdas, estavam corretas. Depois desse primeiro impasse, avancei com facilidade no tratamento até chegar à fase colaborativa, o que me deixava a um passo da pureza, outro termo criado para designar o estado de quem deixa o hibridismo.

— Indicador — ela ordena. Aproximo-me do scanner que avalia os sinais vitais. Os números passam do verde ao vermelho, confirmando que o meu consumo de energia andava no teto. O gasto de um maratonista durante uma prova. Com o fim da biblioteca, o esperado era baixar a meta até folgados setenta por cento.

— Tenho dormido pouco — informo.

A verdade é que a remoção dos apliques me deixava nervosamente ocioso. Sem as interações de antes, a minha mente tratava de recombinar os elementos de que dispunha para seguir funcionando, com os altos e baixos de um organismo em desintoxicação.

— Três horas por noite — enfatizo, na esperança de que ela aumente a dose do hipnótico.

É a minha humanidade lutando, leio nos olhos de Rachael, de onde retiro também a certeza de que fragilidade e desconsolo são só o que eu devo esperar de uma limpeza.

— Não tire conclusões do meu olhar — ela alerta, evocando o acordo sobre os limites de leitura comportamental que eu fazia. Com um gesto me desculpo e desvio a atenção para os pés – a etiqueta do consulente diante do oráculo.

Depois de aprender a detectar o humor em minhas reações, Rachael precisou estabelecer um perfil em que me encaixar. Na anamnese, saiu-se com um diagnóstico impiedoso. A minha cabeça, a seu ver, estava abarrotada de letras e números sem uma arquitetura mental concordante. Quem foi o seu consultor vocacional, ela quis saber, e emitiu um esgar, talvez de asco, ao ouvir que eu nunca tivera um tutor. Na adolescência, deixei-me guiar, confesso, pela vagabundagem e pela curiosidade, um erro clássico de quem não pensa no futuro. Para Rachael, o meu currículo tinha um corte horizontal saturado de extensões e nenhum módulo de aprofundamento.

Uma paisagem de savana descreveria o meu intelecto (tundra também servia).

— Você só sobrevoa, não pousa em nada.

Decidiu, por fim, taxar-me de insólito, estabelecendo uma nova categoria da qual fui, modestamente, o pioneiro. O meu progresso, apesar disso, ou por conta disso, ia a contento. Eu reeducara o paladar e o olfato com louvor – nada, entretanto, que pudesse honrar um parágrafo de *Em busca do tempo perdido*.

— Podemos passar — ela anunciou — aos ruídos naturais do ambiente.

Complico a tarefa na hora.

— O que você entende por naturais?

Pela pausa, consultava um verbete. De enfiada, recita:

— Qualquer som destituído de intenção melódica.

— Canto de pássaro entra na lista?

Rachael lança-me um olhar bicudo. Espero um contra-ataque, um questionamento do tipo "por que você se preocupa com pássaros?", mas seu globo ocular se retrai, buscando um foco introspectivo. Entrou em uma consulta virtual, deduzo, ou está lendo as mensagens deixadas por outros pacientes. Interpreto a desatenção como um corte e faço menção de sair. Ela se precipita e abre a porta para mim.

— Não se preocupe com os pássaros — começa a dizer. — Eles não existem mais, *Deckard*.

Uma sensação tépida em meu diafragma se espalha por todo o corpo. Aquele tom de fala era irônico?

— Você foi rápida — gaguejo.

— Acha que eu só leio teoria?

Então quebro a regra entre terapeuta e paciente e leio o seu pensamento.

— Cela manque souvent d'architecture.

Prefiro, acho eu, que me falte a arquitetura a ter excesso dela – e aqui um rastreador me interrompe, alertando uma invasão.

— É uma fantasia sua — Rachael bufa, irritada.

Ainda assim, posso sentir nos dedos o pó de um palazzo fiorentino onde uma mulher, alongada em um canapé, lê para mim em voz alta.

— Como você pode saber o trecho do livro que eu mais aprecio?

Ela sustenta um olhar triunfante:

— Pelo seu algoritmo pessoal, estúpido.

Com o meu prontuário aberto, exibe os dados que descrevem cada um dos meus sonhos, cada um dos meus vícios, cada haste de feno que me serve de repasto.

— No original... — começo a dizer, mas ela interrompe, pondo-me para fora.

— Ruídos. Acostume-se.

Desço as escadas do laboratório arrastando o desgosto de perder uma partida em que, pelo bispo, troquei um peão.

III

A canção desafinada de uma cidade eternamente em obras me recebe do lado de fora. Ouço as promessas e as expectativas dos martelos com o respeito a um amigo cuja rebeldia adolescente, ao contrário da minha, não degenerou num resmungo cínico. Pelo dever de casa, entrego-me sem canceladores de som àquela ode urbana. Minha senha é Walt Whitman, repito, fingindo aplausos, porque merece ser aplaudido tudo que tente, com sílaba ou cimento, emplastrar uma crosta de novidade à ruína.

Uma quadra distante, um pelotão das Forças de Segurança realiza um bloqueio que me obriga a reprogramar o caminho. Serão mil passos a mais pelo interior do bairro onde a raspagem do asfalto ainda não começou.

Avanço em zigue-zague, desviando dos monturos de lama cinzenta deixados pela última tempestade. Aqui e ali se veem troncos de árvores doentes à espera de remoção.

Por trás das grades dos edifícios, robôs vigilantes monitoram com hostilidade os meus movimentos. Eles não podem ferir um humano, é a primeira lei, e ostento com arrogância a minha origem, mas só respiro aliviado ao enxergar o muro do cemitério, o qual contorno apertando o passo até avistar a fachada da lanchonete, meu destino.

Dentro, é uma loja média, decorada em amarelo e vermelho, as cores da rede. Uma campainha soa até que a porta se feche atrás de mim. Sobraram poucas unidades iguais a esta desde o fim dos abates. O cardápio na parede já não se ilumina e os talheres ficaram tortos de tanto manuseio. Nos móveis, rasgos e lascas narram uma mesma história de exaustão. É um dos poucos lugares que não se envergonham de seu passado. Gosto daqui.

Junto ao balcão, sobre um tamborete de pés desalinhados, vejo as costas da garota que conheci no primeiro corte das seletivas. Vou direto a ela. Assim que tomo assento, uma euforia me força a tagarelar:

— A gente se conheceu na reunião, lembra?

Ela me ignora. Peço uma coca e volto à carga:

— O grupo de desconexão, te vi por lá.

— Você é um nerd — ela diz, em tom insultuoso.

O suor brota em meu filtro labial toda vez que me chamam assim. Embora o termo seja proibido, seguimos sendo vistos como uns sujeitos consumistas, melancólicos e esnobes. Em certos meios, ainda preferem que ocupemos apenas o fundo da sala. O desejável era que não saíssemos de casa.

Para evitar uma discussão, sorvo a minha coca enquanto ela se regala num lanche de néctar e ambrosia.

Curta!, revido mentalmente, num fel que se esgota tão logo o xingamento termina. Curta, digo uma segunda vez, explicando-a ao meu coração. Sem o marca-passo que o acalmava, ele, agora, também opina.

É uma voz mais amistosa a que ouço ao fazer menção de sair.

— Você conhece o Setor 4? Meu GPS foi desativado. Não sei chegar lá.

Nem parece a garota de há pouco. Curtos mudam de ideia rapidamente.

— Eu te levo — respondo, atrasando o passo.

Ela me segue.

— Meu nome é Jô — se apresenta, ansiosa. — Desculpe se fui grossa.

— Você foi grossa.

Os curtos podem ser cruéis, mas são especialmente vulneráveis. Comem pouco, dormem em intervalos, necessitam de ação. Tiveram a memória toda preenchida para se tornarem exímios em alguma arte. Com isso, não conseguem realizar as tarefas mais simples para as quais só agora estão sendo treinados. O maior problema deles são as emoções – o modo de expressá-las e sua durabilidade. Eles esquecem, enquanto nós, os longos, temos de lidar com as reminiscências, o que atrapalha tudo.

Ela mantém distância enquanto caminhamos. Pergunta o porquê de eu estar no grupo.

— Vincent.

Recebo um muxoxo de resposta.

— Meu irmão.

O desligamento será pior para certos indivíduos. Velhos, por exemplo, ou quem sofre algum tipo de síndrome.

— Ele é portador do Eclipse. Ouviu falar?

Ela nega com a cabeça. Talvez não tivesse nascido quando o vírus apareceu. Uma sombra daninha que bloqueia qualquer interface entre a mente e o mundo. Infectou milhares de crianças até descobrirem a vacina.

— É um desenvolvimento neuronal atípico — resumo para que ela compreenda.

A atenção dos curtos é pequena, e ela troca de assunto.

— Quer conhecer as minhas músicas? — saltita à minha frente, tentando localizar um filtro auditivo. Antes de eu explicar que não tenho, transfere um arquivo para um endereço encerrado. Possuo dezenas de cópias, mas não digo.

Ao chegarmos à boca do Setor 4, indico o trem e ela sai correndo rumo à plataforma.

Observo-a, zeloso.

É a minha parte preferida.

Mal percorre trinta metros e ela pede de novo a informação, sorrindo, sem graça.

Então, eu grito:

— Amanhã, na lanchonete.

Jô assente e some pela entrada correta.

Um drone ronda junto ao teto, atraído por meu tom de voz. Baixo a cabeça e dirijo-me ao trem, evitando uma multa por distúrbio.

IV

O fim de tarde recorta a silhueta de minha mãe contra a janela. Ela se mantém indiferente quando entro em casa. Pelos óculos, deduzo que continua a editar o documentário de ontem, um peixe que se debate até ficar imóvel e subir, morto, à superfície de um lago. Precisa reduzir a história a cinquenta segundos para o filme ganhar classificação livre.

Acendo a luz.

— Oi, filhote, saudade. — É assim que ela me cumprimenta toda vez que me vê, mesmo se vou apenas do quarto à cozinha.

— Como foi o dia?

— Seu irmão demorou a se acalmar. Reforcei o tranquilizante.

Deixo as compras da quitanda sobre a mesa.

— Eu preparo — ela avisa, tirando os óculos e piscando para acostumar-se com a luz ambiente.

Vou até o quarto e encontro meu irmão diante de uma tela que troca de cor de vez em quando. Deve ter passado a tarde olhando para a parede. Dou-lhe um beijo e posto-me ao seu lado para observar. Quando entra o amarelo, ele emite um grunhido novo, um som que nasce surpreendentemente melodioso, uma promessa de balbucio, se comparado ao rosário frouxo de vogais que ele rumoreja do despertar até o adormecer, a repetir, na articulação falhada, os traços fisionômicos que encarceram num corpo adulto o rosto da primeira infância.

— O que há nessa cor? — pergunto de joelhos a um oráculo esquivo, que me devolve o eco de uma desgraça.

Mamãe entra com uma bandeja. Oi, filhote, saudade. Ela empurra a comida, colher a colher, na boca do meu irmão. Uma intimidade que o decurso de uma tragédia não estraga.

O amarelo da parede me cega.

Sozinho, acesso a caixa de links enviados mil vezes por Jô.

A música e as imagens deveriam ocupar todo o quarto. Agora, sem os recursos, só consigo ter uma experiência empobrecida de duas dimensões.

Deito-me e penso em escrever uma carta.

Correspondência de Amantes na História, consulto.

Prezada, Cara, Dearest, minha doce petite chose adorée (sim). Why is there a sleepy tremolo in the air when you are near? (sim). Meu destino é seu, e minhas palavras não dizem nada (não). Je n'ai pas passé une nuit sans te serrer entre mes bras (não). Trepe comigo, querida, de todas as novas maneiras que a tua luxúria sugerir (sim, sim). Veneza, o Grande Canal, a Piazzetta, a Praça de S. Marcos – um mundo desvanecido. O que me eleva, o que em mim perdurará, é a felicidade de ser amado (será?). Mesmo que a gente se perca, não importa (não importa?). Não sei ao certo o que fazer, então deixo amor por escrito (sim). Please, save me the waltz.

A sequência de músicas termina e não consegui nenhuma frase original. Mais um fracasso de um escritor fracassado.

— Mesa posta — ouço da cozinha.

Um prato em frente a ela, outro à minha espera.

— Oi, filhote, saudade.

Às vezes, aquele cumprimento me exaspera. Nem respondo mais, não sei se um dia respondi.

— Onde você passou o dia?

— No grupo voluntário, lembra?

— Você precisa parar com isso.

— De novo, mãe?

Conheço o roteiro de cor. Primeiro, ela vai perguntar quanto falta para o Grande Desligamento, a que responderei trinta e um meses. Ela dirá que está longe ainda e, irritada, questionará: quem você pensa que é, um herói?

— E se alguma coisa der errada — começo a argumentar —, quem vai cuidar do Vincent?

— Eu cuido do seu irmão, sempre cuidei. Cuido de você, se precisar.

— As chances de quem tem memória longa são maiores.

— Você está sendo arrogante.

Ela começa a tirar os pratos da mesa antes de acabarmos de comer. A conversa é encerrada e continuamos a ruminar as nossas frustrações em silêncio. Dou um beijo nela e digo que preciso dormir. Ela segura o meu queixo:

— Não pense só no pior.

Amanhã repetiremos o mesmo diálogo. Frase a frase, ira a ira, dor a dor.

V

Quando chega a minha vez, Gachet já está com o prontuário aberto.

— Vamos?

Antes que eu me instale, ele aponta o copo com o líquido de contraste.

— Vai remover a biblioteca inteira, hoje?

— Se você permitir — responde com impaciência.

Um aplique clandestino ameaça, ele teme, a glória de figurar entre os engenheiros que reabilitaram as redes neuronais mais turbinadas, elaborando um protocolo confiável de remoção a partir de mentes viciadas, cheias de lixo, iguais à minha. O apagão de nuvens de armazenamento no ano passado fora o primeiro alerta dos problemas que iríamos enfrentar. A escassez de energia desativou centros de interface sem aviso. Os laços entre os apliques e os somas entraram em curto-circuito. Implantes se tornaram subitamente inúteis e memórias ficaram em branco. Os hospitais se encheram de pacientes com próteses descontroladas. Muitos eram apanhados na rua, caídos, catatônicos ou em surtos causados por picos de sinapses e comportamentos erráticos de neurotransmissores. A esperança de sobrevivência, agora, estava toda num restart.

Gachet pede que eu me concentre na cor mais ativa. Será mais rápido se encontrarmos logo a área em que os livros estão aninhados.

Começo a acompanhar uma mancha vermelha dilatar-se, formar barrigas aqui e ali e arredondar-se em seguida. Transfiro a atenção para a cor púrpura que executa um movimento nervoso em formato de gota. Passo, então, ao verde brilhante, a pulsar firme, num mesmo ritmo, dá para contar as vezes.

— É a pineal — Gachet explica. — Sua glândula parece estressada.

Respiro fundo e começo a mirar um fosso que não existe. Que vínculo impede um mergulho definitivo ali, onde não há cor? Dentro de que osso, víscera, músculo, sonho, vive o que me prende?

Sem demora, minhas pálpebras mostram o ferro de que são feitas.

— Venha por aqui.

— Onde? — indago.

— Ouvindo coisas? — o programador retruca, zombeteiro.

O murmúrio das baias predispõe a mente a juntar palavras soltas, forjar, com elas, sentenças de escasso sentido. Ele que o abismo viu, o fundamento da terra viu.

Posso reconhecer um começo.

Diante do pelotão de fuzilamento – fixo outra vez os olhos nas cores.

Gachet, imbuído do papel de Teseu, persegue o fio luminoso que conduz ao centro de uma teia tecida com confiança, zelo e mimo. Recua a coragem com que eu planejara dar adeus àquela forma de amor.

Um farfalhar na cabine antecede uma voz desconhecida.

— Theo?

Volto o rosto para descobrir quem diz meu nome e, nesse movimento, um azul noturno recobre de sombra o hemisfério esquerdo na maquete do meu cérebro.

Procuro por Gachet, mas só encontro um **vulto preto** e amarelo que abocanha o ar e o exala com **um timbre** rude de grossos pulmões. Pelo calor, adivinho **o dorso** arfante de um mamífero, as vértebras que **incham e** se encolhem a um palmo de minha mão. Encolho-**me** na cadeira e, ao meu impulso, a imagem se dis**solve** tão fácil como se formou. No lugar, há agora uma **luz** amarela a recortar um perfil.

É o meu irmão de quarto, penso, suspeitando de um erro de sintaxe, embora seja mesmo o meu irmão no quarto a fitar a parede com um interesse que não compreendo. Alinho o meu olhar ao dele:

— O que tem nessa cor? — a pergunta se impõe, retórica, sem esperança de esclarecimento, então, quando desisto, ele responde.

— Olhe direito.

Observo, realimentado por uma chance mínima, em um esforço sem rumo, a cavar a qualquer custo um sentido e trapacear o resultado pondo palavras na boca do meu irmão.

Âmbar.

Ouro.

A luz banha todo o quarto, não em uma presença fantasmal, lisa, mas como resultado de pequenos traços, ou de uma letra repetida, escrita à mão, em linhas sobrepostas, formando a palavra ocre e, com ela, uma cama, uma mesa de cabeceira, cadeiras de palha, uma janela ao fundo.

— Vamos — Vincent diz.

Mal tenho tempo para admirar a nitidez do quarto e a fisionomia finalmente madura do rosto de meu irmão, quando o vejo avançar aos saltos, como quem pisa em brasas, enquanto, sob meus pés, sinto se formar um volumoso tapete de fios.

— Que lugar é este?

Vincent chuta com leveza tufos de relva, fazendo levantar nuvens roseadas de pó. Rindo de mim, descreve um campo de trigo.

— Ceifado agora. Sente o perfume?

No horizonte, as roupas largas de um semeador são insufladas pelo Mistral. O solo lavrado desliza feito uma esteira rolante e me desequilibra. Um cipreste escuro se retorce, funéreo, ao fundo. Uma ave surge, depois um bando, em rasante. Meu irmão tenta proteger a cabeça. Um vermelho acintoso brota de sua orelha. Quando me aproximo, tentando estancar a cor, Vincent perde os contornos, absorvido pela paisagem luminosa, que perde as nuances de cromo até virar de novo uma sombra azulada num formato de noz.

Um cutucão em meu ombro faz com que eu note uma borboleta debruçada sobre mim.

— Livre — ouço a voz de Gachet. — É com você, agora — ele se volta, cedendo espaço a Rachael, que joga um facho de luz em meu olho.

— Dois mais sete? — ela começa.

— Nove.
— Em que cidade estamos?
— São Paulo.
— Ano?
— Menos 48.

Gachet franze o cenho, preocupado. Rachael o tranquiliza:

— É uma contagem a partir do Relógio do Juízo Final.

— Nerds! — ele diz entredentes e aponta a maquete. — Repare na velocidade com que os neurônios buscam novos caminhos ao não encontrar os apliques.

Olho para as manchas multicoloridas, que empurram umas às outras, a disputar com preguiça um espaço que ficou, de repente, mais folgado.

Gachet chama a atenção para o trabalho bem-feito, elogiando as bordas sapecadas, limpas, sem fiapos soltos de dendritos.

No rescaldo cinzento da memória removida, encontro algumas palavras, mas não sei se são sobras da biblioteca ou se são minhas. Quem é você, elas dizem, onde fica a tua cidade, quem são teus pais, em que navio vieste? A salmodia dos cubículos vizinhos se soma, em queixa, aos meus zumbidos. Não sou o que sou, tudo concorda, em coro.

VI

Rachael me acompanha até a saída. Em frente aos elevadores parados, pergunta se tem alguém para me levar para casa.

A solidão, que sempre foi uma espécie de poema, agora prugueja.

— Sozinho posso chegar — digo, pensando na ordem esquisita de minhas frases.

Ela me entrega um papel dobrado ao meio.

— Leia depois — pede, dando meia-volta e sumindo na penumbra do corredor.

Uma única frase ocupa toda a extensão do papel. Há muito não via um bilhete. A letra bem desenhada diz:

A lembrança das feras é tão familiar que me custa não continuar narrando.

Uma ardência nos olhos prenuncia a formação de uma nuvem que vai desfazer-se em seguida.

Na sola de meus pés, os degraus se convertem em pedras e me devolvem à fachada amarela e vermelha da lanchonete. Entro nela para ir direto ao balcão enquanto um alarme soa sem parar à minha passagem, anunciando a entrada de um animal que, não fossem as pegadas, era dado por extinto.

Biografia e correspondência

Daquele ponto ela tem uma boa visão de quem entra. Está de costas para a estante, levemente apoiada na prateleira que fica na altura do quadril, um livro aberto entre as mãos. Inês (digamos que seja o nome) parece concentrada na leitura. Seus olhos, porém, saltam da página a todo instante para atualizar o número de pessoas no local, quais são seus portes, suas fisionomias, em que corredores se encontram.

O movimento não costuma ser grande àquela hora, mesmo assim é intenso o bastante para que não se preste atenção especial em ninguém.

Um homem de rosto seco e pomo de adão imponente vaga por entre as estantes com um ar de vampiro empanturrado. Nas poucas vezes que se detém, atraído por um título, não leva o tempo de duas piscadas para descobrir tratar-se de um truque da imaginação, uma peça jocosa para testar o rigor de bibliófilo a que nenhum segredo editorial escapa. Ele retoma o passo vigilante com as mãos entrelaçadas às costas e a testa franzida a espremer, talvez, uma resposta para a diferença entre desespero e medo ou, por diversão, a semelhança entre um corvo e uma escrivaninha.

Na seção Juvenil, uma dupla vestindo uniforme de futebol tenta abafar a euforia ante uma edição comemorativa de Harry Potter. Perto deles, uma cabeleira castanha gira em fúria um display com edições de bolso. Nenhum mede mais de um metro e sessenta. Inês repreende-os e desvia o olhar.

No balcão, das três caixas registradoras apenas uma está em funcionamento, o que faz juntar, mesmo num domingo, uma eterna fila de dois ou três compradores. O controlador de compras não está ao alcance da visão de Inês, mas ela pode ouvi-lo cantarolar a conta, agradecer o pagamento e despedir-se do cliente.

A única vendedora está ocupada com a lista de uma senhora magra, metida num casaco marrom com punhos e gola de pelo, perfazendo com humor uma versão gasta de Malvina Cruela. A atendente se certifica da disponibilidade no terminal de consultas, vai até uma prateleira, faz deslizar a ponta do indicador numa sequência conhecida e saca o exemplar.

Volta ao posto e começa tudo de novo. A satisfação e a frustração alternam-se no rosto de Cruela, enquanto a outra mantém a expressão lisa de quem confere apenas se as mercadorias constam no estoque. Remédios, em vez de livros, dariam no mesmo.

As duas cabeças inclinadas sobre as balsas de lançamentos não irão se demorar. Mal ultrapassaram o saguão e deram de cara com aquela bancada de feira, instalada ali para facilitar a visita do leitor de ocasião, aquele que só aparece para adquirir o policial que o apresentador de tevê, aquele engraçado, acabou de lançar, ou a biografia escabrosa do ex-atleta viciado em crack. São os únicos compradores a entrar sorridentes, convictos de suas escolhas, para saírem encurvados, com uma sacola magra entre os dedos e a latejante desconfiança de estar levando o peixe menos valioso de todo o cardume.

No alto da parede, o relógio avançou dez minutos desde a última vez que Inês o consultou. Mudanças haviam ocorrido no ambiente. A dona do casaco de pelo sumira e um homem com uma proibitiva mala de rodinhas flertava, agora, com a vendedora. Um rapaz de camisa branca, comprido feito uma vela, acaba de entrar e vai direto à seção de literatura estrangeira, a mais concorrida de toda a loja. De imediato, o porte o qualifica. Sob o tecido fino da roupa, uma sugestiva armadura torácica acena um convite. A respiração de

Inês torna-se curta, as pálpebras piscam mais rapidamente. Hora de entender os movimentos da presa.

Inês observa o rapaz rodear o móvel baixo sobre o qual os livros foram dispostos em pequenas pilhas com a capa voltada para cima. Enquanto executa uma volta no sentido anti-horário, ele mantém o braço esquerdo suspenso, enquanto a mão, em sobrevoo, pousa a ponta dos dedos vez por outra, como a medir a palmo a quantidade de títulos. Não é um leitor, Inês compreende, ao vê-lo contornar a mesa uma segunda vez. Talvez seja um desses cérebros misteriosos que, para manter o equilíbrio do universo, necessitam achar o número de ouro em todos os objetos, caso contrário algo ruim acontecerá. Sem parar, ele move os lábios a fazer os cálculos que evitam a catástrofe – retardam-na, ao menos, porque é da natureza das catástrofes mudar as variáveis assim que ele consegue demonstrar o seu teorema.

Os clientes começam a lançar olhares de censura ao setor de Arte, onde o rapaz tenta, agora, encontrar a simetria perfeita entre as constelações e os grandes formatos de capa dura.

Inês, tomada de pudor, recolhe-se à leitura.

Lugares assim, ela sabe, costumam expulsar quem vem em busca da verdade. As grandes expectativas devem ser deixadas na entrada. Depois de uma primeira impressão acolhedora por aquele templo secular, uma versão comercial da biblioteca, o fantasma da ignorância se materializa, a debochar da procura vã por um sentido ou um esclarecimento e, numa intimidação maligna, empurrar os oficiantes do progresso porta afora, cuspindo uma cópia esmaecida do que eles eram antes de pisar ali.

Um lugar perfeito para Inês fazer o que faz.

O ambiente de quarto fechado a obriga a desafogar o pescoço. Desabotoa só a primeira casa da jaqueta, a economizar nos gestos e confundir-se por camuflagem com a floresta de lombadas às suas costas. E espera.

As pessoas, quando confinadas, tendem a regular suas funções vitais ao grupo; fazem coincidir o ritmo respiratório e a pulsação sanguínea com tal consistência que um tímpano sensível, sem ver o todo do rebanho, poderia supor o batimento cardíaco em bom estado no peito de um gigante. Ainda assim, não se pode prever por antecedência o bando mais coeso e estável, aquele que, por uma combinação imprecisa, chegará a um estado de transe, a um transporte simultâneo em que renegará o mundo fora dos limites da página e do parágrafo no qual tem os olhos postos, numa difícil e bela sincronia de captura.

Os nervosos, ainda em maioria, desarrumam essa ordem.

Com paciência de caçador, Inês aproveita para estudar o itinerário que terá de percorrer ao deixar a livraria. Mapear as portas de saída, estimar distâncias e estabelecer rotas de fuga fazem parte do trabalho de reconhecimento. Tudo é repassado tantas vezes quantas forem necessárias para que ela se mova com folga por aqueles interiores, mesmo no escuro.

Assim que pôs os pés ali, Inês soube que não teria problemas.

O acervo da livraria forra as paredes e preenche o miolo num sistema de galerias separadas por corredores longos, cheios de passagens comunicantes. Para quebrar a repetição cansativa, algumas estantes verticais foram substituídas por ilhas de prateleiras que deixam os livros ao alcance de uma criança de dez anos.

O que mais agrada a Inês no estabelecimento são as duas passagens largas que desembocam direto no átrio livre em frente ao balcão, a um passo da saída. É um destes corredores que, concluído o seu propósito, ela percorrerá num passo que indica determinação, mas não muita, o rosto relaxado e os braços soltos de quem nada tem a esconder. Ao chegar à soleira, tudo que terá de fazer é ultrapassá-la e, sem olhar para trás, tomar à esquerda com a confiança de quem sabe exatamente para onde está indo.

Rememorar cada passo a ajuda na concentração. Não impede, porém, o pensamento de que não terá nada para fazer até a hora de ir à casa da mãe. Venha depois da missa, foi a recomendação; estarei ocupada até as seis, alertou, no tom severo de quem, habituada a uma vida solitária, transforma toda visita em um aborrecido intrometimento.

Ela não consegue esconder a irritação com a minha ociosidade, Inês suspira, enfrentando o redemoinho no meio do qual a conclusão faz o seu dançado serpentino. A mãe acha que é proposital. Você não está se esforçando para superar. Precisa arranjar um emprego, ela cutuca, uma atividade à altura da sua formação. Ocupar-se, esquecer. Oferece o telefone de amigos com quem havia falado a respeito. Não custa dar um empurrãozinho, alega, ofendida com a recusa da filha, que engole a seco aqueles litotes, usando a mais eficiente das armas para matar uma conversa, o silêncio.

Inês repara no movimento da vendedora, que deixa o posto e some por uma porta embutida no único pedaço de parede livre de prateleiras. É quando enxerga a moça de lenço, a menos de trinta passos de onde está, na ponta extrema do mesmo corredor.

Não a havia notado, ainda. Talvez viesse de outro setor, o de livros para crianças, por exemplo, que fica numa ala à parte, onde móveis em miniatura e faixas coloridas pendentes fazem pensar em uma eterna comemoração de aniversário.

Ela veste um suéter cor de areia e uma calça azul-marinho com barra encurtada para deixar os tornozelos à mostra. O quadril um tantinho largo é só o que desequilibra uma figura de todo magra, poucos centímetros mais alta que Inês. Uma bolsa mole de nylon pende do ombro esquerdo, mesmo lado em que ela mantém, com a pressão do braço, dois livros finos colados ao corpo. A cabeça está coberta por um lenço de duas cores, uma neutra, outra no azul da moda, o que indica um acessório caro, fabricado por uma dessas marcas de alta-costura, italianas ou francesas. Na estante, logo acima dela, uma placa indica a seção de Filosofia.

Inês observa os gestos da moça até estabelecer um padrão. Com a mão do braço livre, ela tira um livro da prateleira e lê sem pressa o texto da contracapa. Consulta na orelha os dados do autor e em seguida folheia o miolo. Detém-se numa página, lê uma passagem, fecha e devolve à prateleira. Faz saltar outro livro e refaz o roteiro na mesma sequência. Não está em busca de um título ou de um autor específico, é fácil deduzir; um tema explicaria melhor a indecisão, um assunto novo, um mundo tão vasto que ela não sabe por onde começar, mas se mostra persistente, saca da estante um novo exemplar para ler a contracapa, a frase aleatória e, desinteressada, devolvê-lo ao nicho. Repete o gesto, agora num ritmo mecânico, e, quando a vê pegar dois livros de uma só vez Inês começa a se mover.

A passos curtos, avança até a sessão de Psicanálise, onde larga o exemplar da coleção de cartas pela qual fingia interesse. A moça de lenço reposiciona brevemente os livros infantis que traz junto ao corpo, acomodando-os na axila, sem tirar os olhos dos dois títulos que segura nas mãos. Inês prossegue, faz uma pausa na ilha de História, põe-se de perfil e espera. Com o rabo do olho, observa quando a moça, invertendo os livros de posição, lê a orelha do que ficou por cima e os devolve à prateleira, alinhando-os aos demais com um desvelo de ajustar a dobra de um lençol no berço.

Num galgar felino, Inês ganha território. A moça de lenço segue avaliando o resultado da arrumação. Sem pressa, acaricia a fileira de lombadas enquanto encaixa a alça da bolsa no ombro e tira, ao mesmo tempo, os livros infantis de debaixo do braço para segurá-los junto ao peito, tudo com os olhos pregados nas prateleiras, na esperança tímida de que, estando a ponto de desistir, o acaso faça piscar certas palavras, que ela reconhecerá, por milagre, como sendo aquelas pelas quais tanto anseia.

Antes que dê as costas para a estante, à qual volve os olhos de cima a baixo mais uma vez, no exato segundo em que a decisão de partir é tomada e só o que ela precisa fazer é um deslocamento mínimo, uma meia-volta no próprio eixo para dirigir-se ao caixa, bem agora, na poeira de instante em que realiza o movimento inicial de rodar o pé, Inês dá o passo mais importante, aquele para o qual está pronta desde que entrou na livraria.

Numa impulsão de ossos, mais que de músculos, parte em linha reta, na bissetriz previamente traçada para estar no centro exato do espaço que a moça de véu ocuparia, sozinha, ao voltar-se rumo à saída, mas que, em vez disso, resultará num choque brutal, numa colisão tão extremada que, muito tempo depois, ainda, ela ficará perplexa com a violência capaz de ser produzida pelo encontro inesperado de dois corpos, tão magros, afinal, tão miúdos.

A dor e o atordoamento irão subjugar a moça. Um fio eletrificado assumindo o lugar do corpo será a sensação. Sem compreender ao certo o que aconteceu, perceberá a precariedade de que é feita; sem pôr nessas palavras, saberá que experimentou a mecânica espelhada de seu próprio extermínio.

Assim que os corpos se separam, no meio da emoção em que o choque a deixa, Inês segura o passo e sussurra três sílabas, o bastante para dar feição de incidente a um evento detalhadamente planejado.

A moça leva a mão à testa, como a conferir se está inteira. Ajeita o lenço, evitando deixá-lo tombar.

Uma mistura de vergonha e raiva a emudecem. É o que cria as condições, Inês sabe, para que o seu ato se realize. Sem uma inocência subitamente ultrajada, sem o instante em que o absurdo planta suas bases e abala a crença em nossos próprios instintos, perderia a oportunidade de fazer o que faz e continuar impune, mais do que isso, parecendo ser ela a vítima em vez de agente provocador da colisão.

O lenço só consegue devolver o pedido de desculpas quando Inês já está no segundo passo. O tom apologético e submisso da moça provoca em Inês um desprezo agudo, um desgosto, e a apressa em direção à porta da rua, que ela cruzará em velocidade baixa o bastante para não levantar suspeitas nem perder o caráter firme, resoluto, de quem estava de saída e teve a trajetória interrompida por alguém descuidado, uma dessas pessoas que, julgando-se o centro do universo, interpõe-se perigosamente no caminho dos outros.

Toda história em Paris é uma autobiografia

Frases ensaiadas, escrevo no caderno de capa azul (vermelha, se o assunto é mais espinhoso), comprado na papelaria da esquina sempre que aparece um novo cliente. *Frias*, acrescento na linha seguinte e sublinho duas vezes. Essas primeiras impressões, tiradas de uma escuta prístina, sem vícios, servem de bússola quando o meu raciocínio começa a andar em círculos. São elas também que põem para funcionar a intuição, o bem mais precioso do meu ofício. Se por algum motivo não seguirem adiante, azuis ou vermelhos, os cadernos vão para o arquivo. Todos, sem exceção, ficam guardados no cofre que herdei do homem que me ensinou a guardar segredos.

"Só fiz o que fiz porque me tornei um autor profissional", ela prossegue, lançando em minha direção um olhar carregado de mísseis. Alvo errado, a neutralidade em meu rosto avisa. Ela entende e desvia a artilharia para o chão. "E essa é a pior coisa que pode acontecer a um escritor", conclui. Pela segunda vez não flexiona o gênero. Pode ser uma escolha política ou só preferência pelo corte inglês, mas que acaba chamando a atenção para a coisa errada. Complica o que não precisa.

Na ponta da mesa, o editor ergue as sobrancelhas a título de comentário. Acompanha a conversa com o rosto voltado para o colo. Pelo saltitar do músculo do pescoço e um leve tremor na manga do casaco, está trocando mensagens pelo celular. Várias mensagens, desde o início da reunião.

A pausa que se segue à declaração é retórica, sinal de que Miranda está habituada a falar em público, o que é um alívio. Já lidei com empresários a quem era preciso ensinar tudo, mesmo a concordância verbal. Com artistas, o cuidado tem de ser outro. São por natureza expressivos e não raro encontram dificuldades com a síntese. Políticos não seguram a língua. Menos é mais, vivo repetindo, enquanto corto parágrafos e invento anáforas (*nós, homens públicos*) para melhorar os discursos. Nunca vi ninguém aproveitar a dica.

"Passei a escrever para agradar", Miranda retoma, sem perder a verve. "Sabia o que funcionava, só precisava repetir a fórmula."

O editor franze a boca num bico, achando aquilo um exagero. Miranda se ressente com a crítica, a se considerar a mudança de cor em seu rosto. Os olhos, pequenos e inchados, passam a piscar de modo rápido, lembrando duas lâmpadas em curto-circuito. Com as palmas das mãos voltadas para cima, a pedir um pouco de boa vontade, ela argumenta:

"Os meus dois últimos livros são praticamente iguais, Gilberto, você sabe." Faz uma pausa e alfineta, "devia saber".

A voz é boa. Clara, grave. Talvez um tantinho sibilar para o microfone. O ritmo lento da fala dá a ideia de alguém que passa por um grande sofrimento.

Tsk, tsk, é a tréplica preguiçosa do editor, recusando levar a sério a avaliação da autora.

Sem a cumplicidade pretendida, ela se volta para mim:

"Você é esquecida se não publicar todo ano. Sabe quanto tempo um livro permanece exposto nas livrarias?"

Dessa vez Gilberto se remexe na cadeira, indicando concordar com a autora. Encorajada, Miranda segue reunindo provas a seu favor.

"Se o seu nome não foi mencionado nas últimas vinte e quatro horas, é bom se preocupar."

Nisso ela está certa. Escrever Miranda Sodré entre aspas num mecanismo de busca foi a primeira coisa que eu fiz. Ninguém existe se não estiver na internet. Basta desejar o anonimato para saber. Alguns de meus clientes pagam uma fortuna para apagar suas pistas.

"A maluquice chega a tal ponto que o Google vira o seu conselheiro literário, entende?"

Novas mídias influenciando a produção artística, anoto para sugerir aos jornalistas. Uma pauta soprada é o suficiente, às vezes, para transformar um deslize pessoal num debate amplo sobre os valores da sociedade.

Pela primeira vez, Gilberto não esconde o comentário numa mímica.

"Queixa de divulgação? Não exagera, Miranda. Seu nome tem cento e onze mil entradas", ele exibe o telefone para provar. "Alice Munro, prêmio Nobel de literatura, oitocentos e cinquenta mil."

"Joga, então, o nome da Amelie Nothomb", ela provoca.

Gilberto obedece e suspira, calculando, decerto, o quanto perdeu na roleta.

"Eu sempre quis ser conhecida, todo mundo quer", Miranda recupera o terreno, fazendo nova pausa antes de fechar o silogismo. "Só que a fama é uma armadilha", completa, com o semblante humilde de quem deposita flores numa tumba.

Tendência ao melodrama, faço um lembrete. A primeira coisa que ela tem de abandonar. A autocomiseração é entendida pelo público como fraqueza de caráter. Num homem teria lá o seu charme, a besteira de anjo caído ainda funciona. Vinda de uma mulher, é imperdoável, especialmente pelas outras mulheres. Lembra a decepção sofrida com a mãe – então a severidade da avaliação se multiplica.

O tom deve ser austero, continuo a anotar, *de quem reporta uma falha a um chefe*. Na posição dela, não dá para adular a plateia nem posar de coitada. *Nada de mimimi*. O que ela precisa é pedir para ser julgada, não absolvida. Foi o que eu disse ao rabino no caso da gravata; ele acabou na capa da *Veja*.

Miranda toma fôlego para falar e desiste. É reflexiva. Pesa cada palavra, e está certa. A espontaneidade pode ser uma inimiga quando não se tem o dom do improviso. Nisso, o deputado que fez a República tremer era um craque. Saía de apertos com um dó de peito que derrubava armários. Os jornalistas de plantão adoravam. Não havia artigo que não dedicasse ao menos uma linha à chegada do professor de canto entre as reuniões que aconteciam naquela superquadra de Brasília. Bem colocado, um lance de irreverência é tão eficiente quanto o charme. Ambos são capazes de desmontar um tratado de lógica num peteleco. Miranda, porém, é tímida demais para isso. Um improviso poderia desarrumar a versão inconsistente na qual, por enquanto, só ela acredita.

Para quebrar o silêncio, faz saltar de dentro da bolsa um maço de cigarros com uma ilustração de camelo, perguntando a Gilberto se pode.

Pela primeira vez surge na sala uma suspeita de instabilidade mental.

Então ela não sabe que o fumo foi erradicado do país? Que ninguém fuma em ambientes fechados? Pega mal até ao ar livre? Eu mesma não sei ao certo onde se compram cigarros hoje em dia. Nas *raves*?

"Vamos ver o que eu posso fazer", Gilberto sorri, lançando mão do telefone interno. Quando indaga em que local os funcionários da editora costumam fumar, reitera a informação vinda do outro lado. "Ninguém? Tem certeza?"

A essa altura, Miranda já guardou o maço. "Não quero causar incômodo", desculpa-se. O editor pousa a mão sobre a mão dela, indulgente, sem liberar o cigarro.

"Voltei a fumar quando tudo isso começou", ela justifica, fazendo movimentos discretos com a cabeça. O rosto pequeno, de nariz fino, com uma leve curva no septo, faz lembrar um pássaro indagativo, bicando uma verdade no ar. "Em Paris, todo mundo fuma nos terraços." O pássaro pousa na calçada de um café pintado de laca verde, com um toldo onde se lê

Chez Louis ou *Le comptoir*. Hora de jogar a arapuca. Começo perguntando se ela já tem em mira um jornalista a quem contar a sua história.

Eu tinha um briefing feito pela empresa que me contratou. Um caso de plágio que não demoraria a vazar. O editor, preocupado com um possível escândalo, formou uma brigada anti-incêndio que me incluía.

Controlar danos é a minha especialidade. Treino as pessoas para explicar as coisas mais difíceis sem nunca tocar diretamente no assunto. Com a minha ajuda, atos vergonhosos se transformam em enigmas da condição humana, em retratos modernos da Queda, mais do que isso, tornam-se o depoimento que se esperaria de Adão ao explicar por que, sabendo da diferença entre bem e mal, ignorou os avisos. Sou uma douradora de imagens, segundo os maledicentes.

Antes de aceitar a reunião com Gilberto, fui me informar.

O plágio, para ser configurado, tem de ser consistente, uma coisa amadora do tipo copia e cola. Ocorre mais em universidades e escolas. Fora delas, qualquer romance que venda mais de cem mil exemplares terá um autor obscuro a reclamar um opúsculo roubado. Os escritores mais sérios passam por isso, uma lista nobre, descobri, e nada pequena. Depois de pesquisar sozinha, procurei alguém da área com quem conversar. Não precisei ir longe. Um professor, meu vizinho, vive subindo as escadas carregado de livros. Quando está viajando, sou eu que recebo as encomendas entregues pelo correio. Bati à porta dele, expliquei o que eu precisava e, entre copos de cerveja, ele comparou a literatura a um rio que se alimenta mais de outros rios do que da chuva.

"Um livro é feito de outros livros", falou, com um jeito de quem está farto de repetir a mesma coisa. "Quer um exemplo? A Bíblia. Mais? Toda a obra de Shakespeare, *Os Lusíadas*", e deslizou com entusiasmo para Machado de Assis, contando que as personagens do autor costumavam pular de um romance para o outro. Conselheiro Aires. Quincas Borba. Versões de Capitu.

"Só alguém pouco instruído acredita em originalidade", ele torceu a boca à ignorância. "Todo escritor é um ladrão de ideias. Um explorador de cadáveres."

Pelo que pude entender, o plágio é mais um problema ético que legal, exceção aquela dos preguiçosos, normalmente maus escritores, que tentam enganar a província em vez de trabalhar.

Ao que parece, a autora editada por meu cliente teve uma crise moral quando o engano já estava impresso, pronto para chegar às livrarias.

"Ela está louca", Gilberto decretou no encontro que tivemos antes da reunião a três. "Ninguém, fora Miranda, conhece o tal texto que ela jura ter copiado."

Eu quis saber se havia alguma prova, e ele me passou uma pilha de papel saída de uma impressora. "Isso?", consegui dizer, lendo o alto de uma página onde havia uma série de textos curtos escritos em francês e separados por datas. Ele revirou os olhos, indicando que sim, que aquela mixórdia se devia a uma publicação digital que ninguém sabia da existência. "E quem plantou queixa, então?", perguntei.

Aquele era o ponto enervante. "Ninguém. A iniciativa é toda da Miranda", Gilberto bufou. "Ela diz que vai contar tudo, diz que *precisa*."

Nas minhas buscas, não encontrei nenhum caso de autor que tivesse assumido um plágio por conta própria. Um usara pedaços inteiros da Wikipédia, outro reproduzira a página de uma tese de antropologia, mas só admitiram a apropriação após os rumores irem parar nos jornais. Foram pegos, tiveram de se explicar. O que Miranda Sodré tentava fazer era outra coisa.

Se ninguém a estava pressionando, qual seria o motivo de ela mesma se antecipar e admitir o roubo?

"O que você acha que aconteceu?", perguntei. "Uma chantagem? Medo de ser denunciada, de cair em desgraça?" Toda hipótese tinha de ser formulada abertamente. Gilberto passou a mão na testa, cansado de meditar sobre o assunto.

"Não sei. Apertei a Miranda, mas ela vem sempre com a mesma história, que não conseguia mais escrever e então copiou uma coisa pronta."

Acrescentou que a divulgação do livro está parada, os exemplares mofando no chão da gráfica.

Quis saber o que ele pretendia fazer.

"Uma coisa é o que o autor faz", ele ergueu o dedo em riste, "outra é a editora estar envolvida numa fraude. De jeito nenhum pode parecer que demos cobertura." Os olhos conferiam, todo o tempo, o movimento das minhas mãos.

Desde o começo notei que Gilberto não gostava de me ver escrevendo. Expliquei que era a única maneira de montar um caso. "Nessas horas, não dá para confiar no meio eletrônico." Ele concordou, pontificando: "Não se inventou ainda nada mais seguro que o papel." O fogo, eu poderia rebater, pensando no melhor destino a um documento indesejado.

"Quando foi que ela assinou o contrato?"

Ele pegou o telefone interno, dizendo que ia verificar.

Aproveitei para observar a sala. Um painel formado com capas de livros ficava nas costas de Gilberto. No lado oposto, um móvel com uma cafeteira elétrica e uma cesta de biscoitos; à minha frente, um panorama das praias de Ipanema e do Leblon, distantes e quietíssimas atrás do vidro da janela. O chão de madeira, instalado há pouco, devia ser a razão do cheiro de cola pairando no ar.

"Temos três livros contratados *ab ovo*. Esse é o segundo." Pedi que ele explicasse o que a expressão queria dizer. "Não importa o que ela escreva, é nosso." Anotei a informação e quis ter certeza do que aquilo significava. "Quer dizer que você compra os livros antes de eles serem escritos?" Gilberto juntou as pontas dos dedos em uma pirâmide e anuiu com a cabeça. "É a prática. Todo mundo faz", argumentou.

Na sequência, conversamos sobre os meus serviços. Eu quis determinar de modo preciso o que ele esperava de mim.

"Que você separe o joio do trigo", disse Gilberto. "O que não dá é para a Miranda sair dizendo que copiou um livro e que a editora, sabendo, não se opôs a publicá-lo. Nós é que somos a primeira vítima." Era o que ele sentia. Ou foi o que um advogado disse que ele devia sentir. "Vítimas de desonestidade intelectual", acrescentou, sem que eu perguntasse.

Foi quando senti o cheiro de benzina ficar mais forte. Uma onda veio e passou, levantada pelo sopro do aparelho de ar-condicionado que tinha uma potência de balcão frigorífico. Num tom mais confidente, Gilberto contou estar estudando o cancelamento dos contratos já assinados com a autora. "A confiança entre nós foi rompida", prosseguiu, amargurado. Depois, voltou ao que interessava:

"O nosso posicionamento deve ser límpido. Se Miranda não estiver delirando, a responsabilidade deve pesar só sobre ela."

Em outras palavras, o cenário que ele montara era perfeito. A autora confessava o plágio, a editora admitia ter sido enganada e o livro venderia, por curiosidade mórbida, sem que nenhuma interpelação judicial tivesse sido efetuada.

"Quero que você faça Miranda contar uma história pelo menos coerente, digerível. De preferência, humana."

Eu concordava com o plano, embora meu ouvido se ressentisse com o adjetivo empregado. Sempre que alguém não consegue ganhar dinheiro nem administrar a própria vida, logo vira um exemplo de *fracasso humano* e, se der a volta por cima, um caso de *superação humana*. A locução parece se referir a indivíduos desqualificados para outras coisas.

Gilberto consultou o pulso. Dentro em breve, Miranda Sodré adentraria a sala e teríamos de fazer de conta que ela era apenas a última a chegar. Enquanto esperávamos, ele se levantou, foi até o aparador e mostrou uma cápsula de café, perguntando se eu queria. Recusei, evitando que ele usasse aquele intervalo para tentar fazer amigos. Não demorou a acontecer. Uma voz inesperadamente entusiasmada encobriu o som do pó sendo processado.

"Parabéns pelo banqueiro. Assisti à entrevista no *Fantástico*. O filho da puta se saiu direitinho."

Aceitei o cumprimento e fingi continuar minhas anotações. Tinha certeza de que ele insistiria no assunto.

"Aquele michê era caso antigo, não?"

Bingo. Usei uma voz charmosa e professoral para dar o recado:

"Você sabe que eu não comento o meu trabalho, Gilberto."

Ele não disse nada. Pegou a xícara e tomou um gole. Estava fazendo um teste de fidelidade, todos faziam.

"Só me diz uma coisa. O que ele estava usando, era um *Brioni*?"

Dei uma boa olhada nele. Sessentão, ossos do crânio apontando entre os cabelos que ele insiste em manter longos quando um bom corte daria a impressão de mais volume; a afetividade falsa de quem sorri muito, além de um dentista que trabalha direito. Na *Caras*, li que está no terceiro casamento, tem dois filhos estudando fora e um motorista treinado em krav maga. Herdou do pai a pequena gráfica que transformou no quinto maior grupo editorial do país. Incomoda-se, no entanto, com a colocação. "Os outros têm sócios estrangeiros", costuma reclamar, meio brincando, meio a sério.

"*Richard James*", eu digo, emulando uma concessão.

"Três mil libras!", exclamou, torcendo os lábios de inveja. "Assim qualquer um fica bonito."

É por isso que o meu trabalho funciona. Caçado há semanas pela mídia, o empresário finalmente concorda em ir à televisão. Diante da repórter que quer mostrar-se firme para a audiência, confirma ter sido chantageado por um rapaz, jura que não viu nem tentou proibir as fotos publicadas e ainda responde se é verdade que a filha de doze anos tentou se matar. Mas o que fica é o terno. Nenhuma ruga, nenhuma dobra, o último botão aberto. Um manto de realeza: é só o que tem de ficar.

Olhando outra vez para o relógio, ele pergunta se eu já conhecia Miranda. "Não. Ela vende bem?"

"Literatura brasileira, sabe", ele começou, fazendo um gesto de mais ou menos com a mão. "Mas ela é sempre finalista de prêmios importantes. Traz prestígio à editora."

"Tem talento?"

Agora foi a vez de ele assinalar a ingenuidade da minha pergunta. Pôs a xícara vazia no aparador e voltou a se sentar à mesa.

"Você compra aspargos na feira?"

Olhei para ele, demonstrando interesse no raciocínio que começava a se desenhar.

"Então, você sabe que só tem um jeito de escolher", ele continuou. "Pela cara. Ela precisa ser boa. Não existe aspargo fresco."

Ficamos nos encarando por um tempo. Eu, admirada pela franqueza da comparação; ele, orgulhoso da anedota, que tratei de transcrever no caderno. Tenho o hábito de colecionar frases como a dita por Gilberto. Elas encerram uma visão conservadora, fácil de passar adiante. Aconselho a meus clientes que usem uma dessas tiradas no meio de uma entrevista. É o que basta, às vezes, para dar uma virada de humor na opinião. Uma piada vale, assim, por um sermão. Ou um Gregório por um Vieira, diria o meu vizinho.

Ela entra sem ser anunciada. O nó dos dedos contra a porta é uma cortesia. Gilberto pula da cadeira e a beija, inclinando-se para corrigir a diferença de altura. É menor do que eu e mais magra. Veste uma calça azul-marinho de corte reto e uma camisa de estampa miúda. Mocassins surrados e cabelos não exatamente limpos na altura do ombro. Na sala, os traços de produto químico são substituídos por um sopro de limão e amêndoa. O ambiente de oficina mecânica vira uma confeitaria.

Gilberto me apresenta com aquela informalidade de dizer só o primeiro nome, como se estivéssemos numa festa e todos pertencessem a duas ou três famílias que dispensam a menção do sobrenome. Quando estendo a mão para cumprimentar, recebo de volta um aperto firme e gelado, que confirma o nervosismo do sorriso – e é menos fácil de disfarçar. Encontro um jeito de me apresentar de novo, desta vez dizendo meu nome completo e uma breve referência ao motivo de eu estar ali.

Uma coisa que aprendi nesses anos todos é que a clareza de informação acalma as pessoas, especialmente quando elas estão acuadas, vendo inimigos em todo canto. A minha política é ser direta, responder rapidamente e com honestidade a qualquer pergunta. Ao ouvir respostas sinceras, o cliente fica confiante, começa a entender que o furacão em que está metido pode ser rebaixado de categoria, passar de um cenário de catástrofe para uma situação desagradável com um simples ajuste técnico. E que eu sei fazer isso. A cara de menina estudiosa ajuda bastante, ainda mais depois que fiquei mais velha e continuei parecendo uma universitária. As mulheres dos meus clientes ficam aliviadas. Não querem por perto quem as obrigue a ficar de olho nos maridos. Abafar escândalos sexuais virou, assim, a minha especialidade. Nada pode parecer estar fora do meu entendimento. Corar ante uma foto de sexo com animais, por exemplo, quebraria a confiança na minha capacidade profissional. Assim, chego às reuniões com a lição feita e um ar de quem já viu coisa pior. Meu objetivo é ser igual ao técnico da tevê a cabo que veio para resolver o chuvisco na tela. Ninguém se lembra, depois, qual era a cor dos seus olhos.

"Você se parece com a Françoise Sagan", Miranda ataca, veloz. "Sagan, a escritora", insiste. Limito-me a erguer as sobrancelhas e desencorajar qualquer tentativa de cumplicidade. De todo modo, dois observadores na mesma sala não produzem um número maior de informações: o resultado costuma ser um concurso. Tenho que ter cuidado. Como todo mundo, ela vai querer que eu passe para o lado dela, veja tudo como ela vê, acredite no que diz.

De ouvido em pé, Gilberto põe os olhos em mim, verificando se a comparação de Miranda é justa e, com cara de quem perdeu a piada, volta para o celular.

O meu questionário começa com perguntas simples: datas, lugares, nomes. É a parte menos difícil. Pessoas na situação de Miranda estão dispostas a falar, querem "esclarecer tudo", imaginando obter simpatia e compreensão em troca, o que se revela quase sempre um equívoco. Explicar demais pode ser um veneno, digo. O público precisa saber de onde vêm os bebês, não os detalhes fisiológicos de um parto. Basta oferecer a tampa da verdade, não o pote inteiro.

Uma ruminação nas redes sociais não dura mais que três dias, mas os meus clientes tendem a valorizar o evento. Acham que só se fala no assunto.

Enquanto Miranda discorre sobre cada etapa de sua carreira profissional num português de topiaria, fico catando um galho seco, um bom graveto de fala para atirar ao bando insaciável sentado no sofá à espera de diversão.

Gilberto, que não expressou mais que um interesse flutuante na conversa, pede licença e sai da sala, apertando um botão no celular. A interrupção faz com que Miranda se desconcentre.

"Você perguntou o que mesmo?"

Disfarçadas sob a maquiagem, as olheiras de Miranda parecem guarda-chuvas de cabeça para baixo. Tem dormido pouco, com remédios, talvez. Um cliente comparou o estresse que vivia a uma música tocada por macacos, direto em seus ouvidos. Ao que parece, a partitura desajeitada foi parar nas patas dos macacos de Miranda.

O jornalista, se ela já pensou em algum. "Imagino que você conheça a praxe", digo, explicitando a necessidade de um bom interlocutor se ela estiver decidida a contar sua história. Então, ela enche a boca com o nome de um ex-colega que trabalha no *Globo Repórter*. Trata-se de um entrevistador rápido, sensível e distante da mídia diária, que costuma exaurir reputações. "É apenas uma ideia", ela ressalva, inibida, acrescentando que não o vê há tempos. Tranquilizo-a, assegurando que só iremos procurá-lo em último caso. Um repórter de caderno cultural deve dar conta do recado. Nem Gilberto saberá, decido, guardando esse curinga para uma partida mais complicada.

"Frio, aqui", Miranda reclama, esfregando as mãos nos braços. "Não dá para subir a temperatura?", ela olha ao redor, como a chamar um mordomo que estivesse ouvindo atrás da porta. Em seguida, limpa a garganta. "Já que estamos só nós duas, gostaria de saber uma coisa. Espero não soar invasivo", ela diz, corrigindo a lombar na cadeira. Cada palavra tem o peso avaliado, o uso preciso de quem pinga um adoçante. Uma gota a mais, ela sabe, pode arruinar o gosto. "Você vai trabalhar para quem, exatamente?"

"Para quem está me pagando", respondo, com a modéstia de quem toma café sem açúcar.

Ela vira o rosto. Descobre que a realidade é feita de lata, chão batido e telhas de amianto. Até a mim, que sou paga para exibi-la, parece uma paisagem desalentadora. Preferiria estar numa sessão de cinema, onde cedo ou tarde o barraco faz sentido. Aqui, nunca se sabe.

"O que foi que você combinou com Gilberto?", pergunto.

"Que se eu fizer o que pretendo, ele tem direito a fazer o que acha certo."

Nesse instante, vejo uma mulher idêntica a ela, só que numa cópia desbotada, levantar-se da cadeira, acender um cigarro e sair porta afora. Torço para isso, porém me limito a sondar:

"Você concordou?"

Os ombros dela estão de tal modo curvos que nem a ouço direito. O negócio que foi fechado é ruim para ela. Está afundada e, pior, decidiu não levar ninguém junto. Dou um tempo antes de voltar à carga.

"Fora Gilberto, quem mais sabe a respeito do livro?"

O marido – e o analista, claro. Peço então que ela me conte o que contou a eles, usando, de preferência, as mesmas palavras.

Numa virada áspera, Miranda se agita. Ergue a voz, irritada. "Eu falo, mas ninguém acredita. Todo mundo pensa que é coisa da minha cabeça." Em seguida, massageia as têmporas com os indicadores. Está com dor de cabeça, ou o efeito do calmante chegou ao fim.

"O seu analista também não acredita?"

"Ele acha que eu estou vivendo a Síndrome do Impostor."

Franzo o cenho, esperando que ela esclareça.

"Quando a gente pensa que é uma fraude."

Reprimo a vontade de rir e anoto a novidade. Eu devia mandar um buquê de rosas à sociedade de psiquiatria. Com esses protocolos clínicos tão criativos, todo defeito moral pode ser um sintoma de doença, um distúrbio patológico que não controlamos. A infidelidade crônica daquele ator americano, por exemplo, era reveladora de um estresse profundo, que podia tê-lo jogado para o álcool e as drogas, mas o tornou um adito do sexo. A fama de garanhão foi mitigada e o filme estrelado por ele gerou uma bela bilheteria. Outro diagnóstico oportuno envolveu o filho de um milionário que declarou nunca ter lido um livro. Tinha déficit de atenção, explicou-se, quando caiu mal a bravata. Bombons em agradecimento à prestimosa ajuda, ainda vou enviar.

Gilberto volta para a sala. Em vez de retomar o assento, fica parado em pé, uma das mãos na cintura, a outra fechada em punho, tapando a boca, como se tivesse esquecido o que viera fazer aqui. Um autor, bastante próximo dele, acabava de entrar em coma depois de um AVC. Ele precisava ir ao hospital para dar apoio à família.

Fecho o caderno e sugiro retomar a reunião noutra hora. Gilberto fica me olhando, sem tomar uma decisão.

"Você já resolveu?"

Eu tinha avisado que só aceitaria o trabalho depois de escutar Miranda, de saber se a história dela podia ser repetida e, mais importante, após descobrir se existia um modo de virar o vento. Digo a ele que falta terminar a entrevista.

"Quer dizer que não fechamos, ainda?"

Ainda não, confirmo, e recebo de volta um suspiro. A sombra da morte mudava tudo. Gilberto se tornara indeciso e também raivoso por gastar tempo com quem tentara fazê-lo de bobo. Torci para ouvir que eu não era mais necessária, que ele ia cancelar o livro e, ante a reação de Miranda, mandá-la às favas. Imagino a cena enquanto ele reflete, calculando decerto o prejuízo que uma decisão dessas iria trazer. Então, sugere que eu conclua o que estou fazendo e telefone quando puder.

"Dou notícias. Boa sorte com o seu amigo", digo.

Miranda começa a se levantar. Gilberto recomenda que ela siga com a entrevista, e sai, gritando o nome da secretária.

Era o principal autor da casa, Miranda comenta sobre o escritor do AVC. Integrante da Academia Brasileira de Letras, "pelos motivos certos", faz a ressalva. Quando pergunto quais eram os motivos certos, ouço uma resposta evasiva. "Ao menos, esse escreve", alfineta, antes de propor continuarmos a conversa num lugar onde ela possa fumar.

Quando chego do lado de fora, ela já está com um cigarro aceso. A avidez com que aspira e solta a fumaça faz lembrar uma adolescente que ainda não pegou o jeito. Entre duas tragadas, pergunta se conheço Paris.

"Dos romances, dos filmes", respondo, ocupada em me esquivar dos passantes que mal cabem na calçada, mais estreita desde a instalação dos tapumes para as obras do metrô.

"As pessoas vão a Paris por dois motivos", ela se interrompe para dar uma tragada. "O meu era escrever um livro."

Acostumadas às lâmpadas fluorescentes da editora, minhas pupilas embirram com o céu de maio. Puxo os óculos escuros para acalmá-las. Miranda apaga o cigarro no sapato e recolhe a bagana com um lenço de papel. Em seguida, aponta numa direção e avançamos, espremidas contra as grades dos edifícios, até chegar a uma esquina que, uma vez dobrada, oferece-nos uma generosa fatia de espaço livre. Miranda joga o lenço de papel numa lixeira e volta a caminhar a meu lado. Ela sempre atrasa o passo, escolhendo os trechos onde pisa e parando para prestar atenção às saídas de garagem. Ainda assim, não perde o fio da fala.

À medida que a orla se aproxima, o corredor formado pelos edifícios torna mais concentrado o aroma de iodo marinho misturado ao das castanheiras. Antes de enxergar o mar, já conheço parte da história.

Ela juntou o dinheiro dos livros e alugou por seis meses um apartamento em Montparnasse, numa rua que dava acesso ao cemitério. "Bom para lembrar que tudo acaba em pedra jacente", ironiza, enquanto se posta em frente à faixa de segurança. Perto de nós, um menino descalço, numa roupa de neoprene, faz uma leitura das ondas enquanto espera a vez de atravessar a rua. Miranda segue contando sobre os seus primeiros dias na cidade. Mantém um olho no sinal de pedestres e outro nas rodas dos carros, conferindo se eles vão respeitar a luz vermelha. Repete o zelo na ciclovia, como a evitar um atropelamento sempre à espreita em sua imaginação.

O que faria uma personalidade desconfiada, prudente, de traços paranoides igual a ela derrapar num ato inescrupuloso?, me pergunto, pisando no mosaico de pedras portuguesas, brancas, pretas. Um plágio não era resultado de uma decisão impulsiva, como furtar uma bijuteria da vitrina. Foram meses de um esforço repetido, um trabalho de reflexão que dava a ela tempo o bastante, suponho, para entender o que estava fazendo. Por que, então? Por desespero? Pela emoção de ser apanhada? Não, não essa que escolhe com demora o melhor quiosque da calçada: é cautelosa demais para isso.

Sentamos a uma mesa de plástico com um guarda-sol plantado no centro. Ela fica na cadeira à sombra, enquanto me posiciono de frente para a paisagem, a mesma, agora nua, que eu via da editora. No cimo, tudo era puro, mera ilustração. Não havia esse vai e vem de banhistas sujos de areia e sal, nem o alarido dos vendedores ambulantes. Pé no chão pode ser também uma forma de vertigem. Não posso me desgovernar, mas a paisagem não me é indiferente, não mesmo.

No primeiro mês, anoto, ela cruzou todas as pontes procurando decidir qual era a cor do Sena. Sem isso, não poderia começar o livro, decretou, criando um impedimento que cresceu e se fortificou até tornar impossível um primeiro parágrafo. Em breve, não reconheceria nenhuma palavra, segundo ela, nenhum adjetivo que pudesse descrever a cidade tal qual encontrou.

"Balzac ou Cortázar", ela exemplifica, e começa a desfiar um elenco de autores, alguns mais conhecidos que outros. Sándor Márai, anoto, Beauvoir, Vargas Llosa, Joseph Roth. "Mesmo Edmund White e Woody Allen", ela se exalta, completando a lista com Hemingway. "Todos escreveram sobre Paris", conclui, indicando o que eles tinham em comum. "Mas nada é como eles contam", Miranda move a cabeça, reforçando a negação. "Você reconhece uns trechos aqui e ali", desdenha. "Uma praça, um monumento, uns dedos que se tocam no metrô. Só que não é a mesma cidade", assevera, num tom desgostoso de quem perdeu uma crença, "nunca é". Depois retoma, sem tanta amargura, "os turistas ficam tão decepcionados que às vezes surtam. Foi detectada até uma síndrome, tem nome e tudo".

Entendo o quanto aquela cidade pode parecer intimidante. "Como escrever depois de Proust, de Flaubert?", arrisco, sorridente.

Ela torce os lábios, demorando-se em encontrar a resposta. Enquanto espero, observo um homem de tanga a se empenhar num polichinelo calmo, de muitas repetições. Os pelos brancos recobrem um torso avolumado pelo climatério, que ele enfrenta com natação diária, a deduzir pela boa forma. Sigo-o com os olhos. Ele vai até um ombrelone, confia os óculos a uma mulher e entra na água fazendo o sinal da cruz. Agora, são uns braços e uma cabeça além da arrebentação. Agora, um ponto que se movimenta numa linha paralela à do horizonte, rumo ao Vidigal. Agora, apenas água.

"Não consegui escrever porque um livro passado em Paris, qualquer um, só pode ser uma autobiografia", ela finalmente responde, com o olhar na bandagem frouxa de cirros que recobre o topo do Dois Irmãos.

Em resumo, ela desistiu de dar nome à cor do Sena. Depois, entendeu que seriam necessárias muitas vidas até se entediar em Paris, o que, segundo ela, é um problema para quem escreve. "O tédio é importante. Talvez mais que a inspiração." *Tédio*, memorizo.

Quando finalmente abriu o Word, as tílias do cemitério perdiam as folhas. Pressionou o botão do mouse sobre o arquivo *novo romance.doc* e encontrou o que noutros tempos se chamaria de uma página em branco – no computador, um retângulo ligeiramente azul, encimado pela barra de ferramentas, com um nome que não era sequer o definitivo.

Ela desentoca outra vez o maço de cigarros. O dorso das mãos mal esconde os metacarpos e os tendões que seguram o isqueiro. As unhas rentes aos dedos sem manicure passam a tamborilar na mesa, marcando o ritmo de um pensamento que ela irá esconder o quanto possa.

"Cigarro combina com coco?", consulto o cardápio.

"Não", ela solta a fumaça e fixa os olhos em mim. "Mas pode pedir dois, pela aliteração."

Faço um sinal para o garçom e volto a abrir o caderno azul. *O que ela fez durante seis meses?*, anoto, depois de escrever *todo livro passado em Paris é uma autobiografia*.

"Você foi sozinha?"

Ela responde com um *hum-hum* afirmativo. "Prefiro, quando estou escrevendo." Filhos? "Uma, em Boston." Pela primeira vez, volta o rosto para a praia. Sem o celofane brilhoso do verão, o mar se mostra num azul mais frio, o tom que se imagina encontrar nas profundezas. As ilhas Cagarras, livres das lantejoulas sazonais, parecem mais bojudas. No alto das paredes rugosas, quase brancas, o guano que antes podia ser confundido com sombras torna explícita a camada orgânica de que é feito. Tudo está mais recortado e distinto. Até algumas bromélias de folhas aguçadas se distinguem naquela resumida vegetação.

"Cinco meses e nem um capítulo, um rascunho, nada", ela retoma, e num tremor ilustra o asco que adquiriu do computador. Foi quando resolveu pesquisar sobre bloqueio criativo.

Virando e mexendo, acabou no tal blog.

Uma bola invade o meu campo de visão, sobe, perde altura e volta a subir ao encontrar os punhos unidos de uma jogadora. Na quadra, dos dois lados da rede, os mesmos bonés e rabos de cavalo, os mesmos óculos de esquiador, as mesmas pernas hipnotizantes. Fora da linha demarcatória do campo, a treinadora faz e refaz um caminho com a inquietude de um tigre na jaula.

"Qual era o nome do blog?", pergunto, tirando os óculos escuros. *Desjours*, tudo junto. "Os dias", Miranda traduz. Tratava-se de um diário sobre as tentativas de suicídio e a recuperação de quem o escrevia.

Alguém se aproxima a passos arrastados. Um par de mãos morenas, com dedos curtos e grossos, deposita um par de cocos sobre a mesa e some de vista.

O tema por si só não lhe interessava. "É a coisa menos importante num livro", explica. O que a pegou foi a coragem com que tudo era escrito. "Nenhuma pose, nenhum pudor", ela elogia, e prossegue na apreciação um tanto rebarbativa. Mais excusas.

Sorvo um gole de água de coco no canudinho, descartando uma possível abordagem para a *história humana* solicitada por Gilberto. Fazer coincidir depressão e roubo é fácil quando a pessoa já é famosa. Dá para justificar o ponto baixo de uma carreira por um problema de ordem íntima, um distúrbio emocional, como bulimia ou abusos sofridos na infância. Seria errado, no entanto, usar essa estratégia com Miranda. Não se pode começar a fama de alguém pelo delito.

Ela estende o braço esquerdo na mesa e faz nele um longo risco com a ponta dos dedos, indicando a veia que a autora do blog cortou à gilete. "No sentido certo, não como as meninas fazem no colégio", especifica, encolhendo-se em seguida no fundo da cadeira. Já pensou em se matar, intuo. Não agora; no passado, quando era jovem. Não é para onde a gente volta quando precisa se lembrar de quem é, de quem foi? Àquele breve momento em que éramos inteiros, coração e mente formando uma parelha só? Antes do primeiro voto, antes do primeiro assalto, antes de entrar na neblina que torna incerto o limite de todas as coisas? Bem antes que pensamento e ação se tornassem sórdidos parceiros, unidos somente em lances ocasionais, sem compromisso? Antes, bem antes, quando ainda passávamos a noite fumando e ouvindo discos? Procure na juventude. É o que faço quando a minha consciência grita.

"Foi no hospital que ela começou a escrever", Miranda retoma. As conversas com os médicos, as sessões de terapia em grupo, os outros internos. Tudo narrado de maneira direta, como numa carta de despedida. "O título das postagens era sempre o mesmo, *último post*." Apenas a data mudava. E, caso eu não tenha compreendido, arremata, "sempre o último, entende?"

Peço que ela me explique como é transformar um blog num romance. "Tinha uma estrutura de novela pronta, ali", ela sacode os ombros, indicando não ter feito nada de mais. Era só organizar o conteúdo e acrescentar o que faltava: descrever o hospital, inventar um pai para a moça, dar destaque a pelo menos dois dos internados. "A rua em que eu morava passou a ser a paisagem que ela via da janela", Miranda se entusiasma para logo se corrigir. "O que eu fiz foi dar enredo ao que já estava escrito. Um trabalho braçal, qualquer escritor faria."

Enquanto ela fala, monto uma lista de palavras. Postagem. Estrutura. Descrição. Enredo. Ambiente. Personagem. Confiro tudo e acrescento a palavra tradução.

A brisa traz pedaços de conversas e risos. Um homem de uniforme laranja carrega no ombro um barril (trinta litros, cinquenta?) e estica as vogais num pregão de mate. A quadra de vôlei, percebo, já está vazia.

"Alguma vez tentou contato com a autora?", pergunto por perguntar. É nessa hora que o meu raciocínio começa a dar voltas.

"Postei comentários, duas vezes, desses que passam pelo filtro do autor. Nunca foram publicados." Ela seguiu acompanhando a atualização até um dia que, puf, o blog sumiu. "Por sorte, eu tinha uma cópia em papel." As páginas, imagino, que Gilberto havia me mostrado. "Na hora, achei bom. Era perfeito", ela admite. "Só pensava no meu romance, em acabar de escrever." A voz vai perdendo a força, a expressão do rosto se fecha. "Mais tarde é que me dei conta do que aquilo significava."

Nessa hora, a câmera da televisão estaria em close. O telespectador veria, em casa, o fundo do poço a que chegou o entrevistado. Um ponto em que eu também costumo parar a minha entrevista, dizer ao cliente para relaxar, tomar um gole de água, respirar fundo. Já temos a história, avisaria. Agora, era preciso torná-la ágil, cortar as digressões e simplificar o vocabulário. Tirar a poeira e ressaltar a parte preciosa num depoimento claro, sóbrio e resumido. Mas aqui não se vê o fundo do poço. Não ainda.

Tento descobrir por que ela revelou o plágio agora, quando o livro já estava impresso. Então a brisa ganha velocidade e empurra o guarda-sol que, por sua vez, desloca a mesa de plástico. Seguro os guardanapos de papel que ainda não voaram enquanto o garçom vem em nosso socorro. Observo-o melhor. Óculos espelhados, bermuda de poliéster e camiseta sem manga. Nos bíceps inflados, uma tatuagem de São Jorge, Ogum, dono dos caminhos e das encruzilhadas. Um bom momento para ele aparecer, penso, surda pelo vento. O braço com o santo guerreiro limpa a mesa e pergunta se queremos que ele abra o coco para tirar a carne. Uma cabeça aberta por uma incisão transversal, repousando numa mesa, é o que a frase me traz à mente. Uma imagem que dura um nada, o tempo que as palavras levaram para fazer uma combinação surrealista antes de encontrar a sintaxe visual correta. Numa piscada, o cérebro conserta o erro e apresenta uma fruta verde partida ao meio, a exibir, nos dois hemisférios, uma polpa branca, de textura cremosa, que se come às colheradas. Tudo muito inocente e alvar. Agradeço a oferta, receando, no fundo, a possibilidade de ver o rapaz trazer à mesa uma cabeça do dragão com o orgulho sereno de quem esvazia um cinzeiro e devolve-o limpo.

"Isso está me consumindo."

Distraída, demoro a atinar a frase, o porquê de ter sido dita.

"Não suporto mais", Miranda continua, massageando o lado esquerdo do peito, como se sentisse uma angina. "O que fiz foi o mesmo que despojar um cadáver."

Em menos de vinte e quatro horas eu ouvia pela segunda vez aquela comparação. Para o meu vizinho, era exatamente o que os escritores faziam. Dostoiévsky, segundo ele, disse que todo escritor russo tinha saído do *Capote*, de Gogol. "No Brasil", o professor agregou, "a melhor linhagem de escritores surgiu da inveja de Eça de Queirós." Miranda não sabe de onde vem Dom Casmurro?

Ela acende um cigarro. "Me dá um?", aponto o maço, que ela estende para mim com certa gratificação.

"Então você fuma."

Protejo a chama do isqueiro com a mão. "Eventualmente."

Na primeira tragada, um fantasma acorda no fundo da minha garganta, desce até o diafragma e se espreguiça. Quando sai, embaralha a paisagem. Então penso no general von Choltitz, que também tinha uma história em Paris. Jurou ter tido a iniciativa de desobedecer à ordem, expedida por Hitler, de explodir a cidade. Um heroísmo que ele sapateava seu, seu, seu. Mas tinha orgulho de especificar qual era a carga necessária de explosivos para cada monumento: quanto para a Notre-Dame, quanto para o Arco do Triunfo. A suposta desobediência não passava, desconfia-se, de uma farsa. Uma conclusão fácil de se chegar. Basta fazer e refazer as perguntas. As perguntas.

Encontro uma, no meu caderno, sublinhada. "O que você fez em Paris, então?", repito, em voz alta, e acrescento, jocosa, "compras?".

Miranda sorri de modo forçado. Aponta para as próprias roupas, que desmentem qualquer pendor pela moda. "Detesto lojas", responde, ofendida.

"Museus?"

"Às vezes."

Ela coça a mandíbula esquerda. É o mesmo que dizer para eu mudar de assunto. Está insegura e começa a se incomodar com a minha determinação. A verdade é que só faço essas perguntas para ganhar tempo. As hipóteses, que a essa hora já deviam existir, mal foram esboçadas. Minha mente é um banhista à deriva, esperando que algo no horizonte se manifeste.

Uma campainha abafada se infiltra nos sons da praia. Miranda tateia a bolsa, tira um telefone e, ao conferir o número, uma mudança rápida acontece em sua fisionomia. Um sorriso; menos que isso, um esgar de contentamento desfaz o desânimo em sua face. O olhar, antes à beira do pânico, se ergue e alça um ponto distante, numa felicidade de quem possui uma conta bancária escondida num paraíso fiscal estrangeiro.

Ela se levanta da mesa e ergue o dedo indicador, me pedindo um minuto. Consigo ouvir duas palavras que terminam com erres guturais: um cumprimento e um nome.

O ruído distante de um motor revela um helicóptero dos bombeiros sobrevoando o mar. Ele para bem perto da superfície da água e depois se afasta. Procuro, por instinto, o nadador que foi para o sul, enquanto o helicóptero some para os lados do Arpoador. Um treino de salvamento, talvez seja isso, penso, vendo na memória a viúva do comandante, em dúvida se devia ou não falar à imprensa sobre o desastre. Quando perguntei se ela sabia da acompanhante do marido, uma moça trinta anos mais jovem, que também estava a bordo na hora do acidente, ela respondeu que suspeitava. "Aquela felicidade dos últimos tempos", ponderou, "não era pelos negócios, nem por causa dos netos. Muito menos por mim." Fez uma pausa, mas seguiu em frente, sem querer mascarar mais nada. "Aquele sorriso no rosto, minha filha, só uma boba não entenderia." Ela se sentia humilhada, incapaz de decidir o que dizer. "Não fale, por enquanto", foi o meu conselho. "Se for inevitável, diga que não sabia de nada. Jure." Um mês depois, ela me mandou flores, agradecida. A mulher não sabe de nada, repito sempre, nunca pode saber.

Volto a observar Miranda. Ela alinha os cabelos entre os dedos, tentando de todos os modos permanecer de costas para mim.

As pessoas só confessam porque são apanhadas em flagrante. Ninguém se autodenuncia. Uma claraboia se abre e o Olimpo despenca em sua cabeça, esperneando por vingança. Esses são os meus clientes. As vítimas da hybris, os descendentes de Brutus e de Judas Iscariotes. Os esnobes, os escroques, os devassos. Gente que gosta de maçã. Mas não quem incendeia as vestes em público. Esses, eu não entendo. Esses, eu não justifico.

Miranda volta a se sentar, pedindo desculpas. "Precisava atender", diz, confiante.

Aceno com a cabeça e ataco:

"Quem era?"

Ela arregala os olhos e emudece. Ao perceber que estou falando sério, cerra o maxilar. "Não vejo a relevância da pergunta", gagueja.

"Isso sou eu que decido."

Miranda desvia os olhos, constrangida.

"É importante", digo, com a voz de um médico a justificar uma pergunta íntima. "Vai ajudar a gente."

Desde que comecei nesse negócio, desenvolvi a teoria do *Barba Azul*. Segundo ela, todo mundo possui um quarto secreto, esconde coisas, não conta tudo. Os meus clientes só existem porque tiveram esse quarto violado. Eu ajudo a enfeitar o quarto, torná-lo menos assustador. Pouco importa, para mim, o que havia nele. Em alguns casos, poucos, esse quarto é aberto por iniciativa própria. Nunca entendi o motivo. Suponho que o dono não suporte a ideia de que ninguém descubra o que se passa lá dentro. A ex-mulher de um corrupto falou de "magia negra" na residência oficial de Brasília. Queria, mesmo, era melhorar a pensão alimentícia. Eis um tipo de cliente perigoso. Pode fazer um profissional como eu cair em desgraça.

"Pela sua cara, parecia alguém importante", prossigo.

Ela não responde, o rosto fica rosado.

"Posso, ao menos, tentar adivinhar quem era?"

Miranda trinca os dentes. Começa a entender aonde quero chegar.

"Um namorado? Amante?", abro o jogo, sem perder tempo.

Ela se debate, feito um peixe preso no anzol. "Quem você pensa que é, um detetive?"

Hora de reposicionar as peças.

"Não dou a mínima para a sua vida privada, Miranda. Vim aqui para ajudar você a explicar o plágio de um livro."

"Pois faça."

"Não posso."

"Por quê?"

Respiro fundo. Ela não vai gostar do que tenho a dizer.

"Não dá para acreditar na sua história."

Ela sorri, irônica.

"Mas é a verdade."

"Do modo que você conta, parece uma desculpa."

Ela se remexe na cadeira, nervosa.

"Por que eu iria inventar uma coisa dessas?"

"Para vender, para se autopromover", respondo com tranquilidade. "É o que as pessoas vão pensar."

"Pensem o que quiser", ela diz, com raiva.

Deponho a caneta e fecho o caderno. Ela não aguentaria a pressão. Na primeira entrevista, brigava com o jornalista.

Os pés de Miranda, agitados, sacodem a mesa. Está decidida a ir embora, mas não se levanta.

"Eles não sabem, né?", pergunto.

Ela me olha, confusa. Não entende a quem estou me referindo. "Sobre o livro?"

"O seu marido, a sua filha", digo, para deixar claro, "eles sabem do seu caso em Paris?".

Um monólito de ódio nos olhos está pronto para me acertar.

"De onde você tirou essa?", pergunta, sem controlar a voz.

"Escutando."

Ela olha para o mar.

"Você disse que as pessoas vão a Paris por dois motivos", explico. "O primeiro era um livro, que você não escreveu. Sobrou o segundo motivo."

Ela abaixa a cabeça, como se estivesse levando uma bronca.

"Elas vão a Paris para viver um romance", digo, com todas as letras, "se apaixonar", acrescento. Foi o que aconteceu. "Quando você falou ao telefone, tive certeza."

Miranda morde os lábios.

Suspiro, aliviada. Na verdade, fiz uma aposta. Segui um raciocínio. Não conseguiu escrever porque o que estava vivendo não podia ser contado. O resto desmoronou sozinho, está desmoronando.

"Você acha que eu inventei um plágio por culpa?" Não respondo.

Ela queria ser punida. Pelo motivo trocado, claro. *Sobras de campanha*, admitiu o político para esconder o desvio mais grosso de dinheiro. É assim, às vezes. Você oferece um boi para distrair as piranhas enquanto passa, escondida, uma boiada.

Miranda apoia os cotovelos na mesa e enterra o rosto entre os punhos. "O que você vai dizer a Gilberto?", pergunta, como se eu também tivesse um problema.

"Não se preocupe. Eu sei guardar um segredo."

Ela morde o nó do indicador. Pensa em dizer alguma coisa, mas engole. Não achou que pudesse ser apanhada, ninguém acha. Esquecem que contar demais pode ser um veneno. Miranda guarda sem pressa o maço de cigarros e arrasta a cadeira para trás, desestabilizando a mesa. Para do meu lado. "Pelo menos pague a conta", diz, com um palavrão no meio, e sai pela calçada num passo de atleta. Acompanho-a com os olhos até reparar em centenas de cadeiras de praia sendo arrastadas no muque por um homem à frente de uma traquitana de duas rodas, o burro sem rabo. Medieval, penso, contrariada. E me retifico. Um trabalho, afinal, um jeito de ganhar a vida.

O mar, incansável, começa a ficar cinzento. O azul do caderno, lambido pela maresia, também perde o brilho. Faço um sinal para o garçom e folheio as páginas preenchidas durante a tarde. Duas em três entrevistas terminam assim, com uma tarja amarela no fim do dia. Estico os braços e respiro fundo. Na areia, a maré abre rasgos cada vez maiores. Uma menina salta de susto quando a água invade o buraco que ela estava cavando. Por um instante, tenta explicar a si mesma o que acontece. Olha para os lados à procura de alguém. Repete o movimento e as tranças finas acabam lhe açoitando o rosto, que ela acaricia em consolo enquanto continua a procurar. Junta as mãos na altura do peito e torce as alças do maiô, a única coisa palpável em que destilar a angústia. Agora, ela corre pela areia fofa, onde poucos guarda-sóis ainda estão fincados. Dá passos indecisos, refazendo um caminho curto, sem a menor ideia de que direção tomar. De repente, corre uma pequena distância e abraça as pernas de uma mulher que, sem olhar, acaricia-a pelas tranças e continua a conversar com uma amiga. A menina segue agarrada à mãe, muda com o que havia descoberto. Volta a cabeça devagar e procura com os olhos o lugar de onde veio. Quer marcar o ponto exato em que estava quando, pela primeira vez, se sentiu enganada.

Enquadramento

Desde que fomos transferidas para o quarto cinza – um salão, comparado ao azul-e-rosa cedido para o bebê que em breve chegaria – decidimos dividir o espaço. Um traçado entre as nossas camas cortava o tapete ao meio, percorria o piso até encontrar a cômoda de seis gavetas, escalava-a e, chegando ao teto, fazia o percurso contrário até fatiar nossa mesa de cabeceira, onde o abajur de luz amarela funcionava como um marco: de um lado, a bombinha de asma de minha irmã; do outro, a pilha de revista em quadrinhos que eu colecionava.

Mesmo branco, o quarto conservava o nome original. Tinha pertencido à Mais Velha, que se instalava agora no quarto verde. Eu não sabia na época, mas éramos uma família estranha, que dava nome a tudo. Não nos limitávamos aos grandes bens ou aos pertences mais afetivos: batizávamos móveis, eletrodomésticos e objetos de uso pessoal. A bombinha para asma, usada por minha irmã, era o Capitão Gancho. Em desobediência civil inconsciente, apelidávamos edifícios públicos, praças e, naturalmente, pessoas. Nossa irmã Mais Velha tinha talento para encontrar o traço de personalidade inequívoco com que renomear vizinhos, professores e amigos. Ao comerciante que vendia doces ela chamava de Churchill, por causa do eterno charuto à boca e da oratória floreada. Valsa, a Falsa, era a diretora da escola, que se orgulhava de ter sido bailarina. Tinha a Jackie, a viúva amiga de mamãe que nunca tirava os óculos escuros; Capitão Smirnoff, um bêbado que vivia no bar da esquina; e seu Flor, o jardineiro. Aquele thesaurus familiar tinha a magia de encolher o tamanho do mundo; dava a segurança de que cidades, pessoas, fábricas, edifícios, tudo era extensão do nosso lar, e lá em casa as coisas tinham um senso engraçado e muito lógico. De modo que, sendo a segunda filha de três, eu não achava estranho ser chamada de Domeio, que evoluiu para Domm, por causa do m arrastado. A caçula, nascida quando eu tentava domesticar os sons que saltavam feito sapos na minha garganta, foi, por minha causa e para sempre, a Kazuo (o K veio depois).

Quando Kazuo e eu chegamos do Coliseu (o Colégio Padre Anchieta), mamãe estava no quarto azul-e-rosa, repintado de azul celeste, com cortinas no mesmo tom e uma cascata de véus abraçando um berço branco. Ficamos em silêncio, observando aquela nuvem fofa pousada no meio do território que antes abrigava pedras de dominó, lápis de cera em tocos, casas de lego em ruínas. Algo estava para acontecer em nossa antiga praça de guerra. Algo sagrado e muito, muito suave.

Uma vontade de chorar subiu-me à garganta, mas me contive. Kazuo queria saber o que eram aquelas coisas e para que serviam. Apontava, depois ouvia. O véu para os mosquitos não picarem o bebê, as laterais do berço para o irmão não cair, a cortina para não ferir seus olhinhos. Coitada, eu pensava, não sabe que vai ser deixada de lado, como eu mesma tinha sido quando ela nasceu. Sem abrir a boca, fui me arrastando para o quarto cinza. Estava às escuras, ao contrário de toda a casa, que só após o almoço caía na penumbra da sesta.

Ao acender a luz, duas novidades fizeram-me esquecer da mágoa recente.

Um balão de panos coloridos, com cestinha e tudo, pendia no centro do quarto. Mamãe e Kazuo chegaram em seguida. "Surpresa", a primeira disse, com a voz debochada de quem sabe manter um segredo, mesmo de mim. Enquanto ela demonstrava o lustre, acendendo e apagando a luz para minha irmã apreciar o efeito, eu descobrira coisa ainda melhor.

Um quadro na parede – a *minha* parede – tão branco e sereno quanto o berço de meu futuro irmão.

Assim que Kazuo o viu, manifestou o seu desgosto abrindo um berreiro.

"Que foi, que foi?", mamãe perguntava, sem entender a reação da filha. Desconhecendo o mapa invisível que tínhamos inventado, ela violara a lei do amor materno, sobretudo no seu primeiro artigo – a simetria – ao dar preferência ao meu espaço. É justo confessar que fiquei contente, mais que isso, triunfante. Aos meus olhos, Kazuo sempre fora a preferida e, por ser a mais jovem do grupo, era poupada dos castigos e da autoria de travessuras. Mas isso estava prestes a terminar. A chegada do bebê mudaria tudo.

O desconsolo de minha irmã crescia, ameaçando os nossos tímpanos. Era hora de revelar o motivo de tanto sofrimento.

Mamãe quis saber a divisão exata que havíamos feito, e me apressei em detalhar. A lógica me ajudava, e Kazuo, choramingando, acrescentava dados e me corrigia com a ênfase e o rigor de sua idade. Mamãe, contudo, foi logo indagando sobre as exceções.

E o guarda-roupa? E a janela? E a porta?

Contei do mobiliário comum e das áreas públicas: tínhamos pensado em tudo.

Ela então propôs que Kazuo ficasse com o lustre só para ela. Minha irmã voltou a chorar, protestando que a luz servia igualmente às duas. Ela era pequena, mas nada boba, até eu achei que mamãe a estava subestimando.

A solução veio com a promessa de um pôster para Kazuo, também. Onde seria fixado? Na porta do guarda-roupa, do lado dela, o que equivalia mais ou menos à posição espelhada em que estava o "meu". Quando? Logo, loguinho, depois que o bebê chegar. Minha irmã voltou-se para mim, sorridente. Triunfara também. Em seguida, simulou falta de ar e pôs o Capitão Gancho na boca. Soluçou um pouco no colo redondo de mamãe, que a levou para a cozinha, dizendo para eu ir também, a mesa já estava posta.

Depois do almoço, deitei-me para apreciar o "meu" quadro. Mamãe explicou que era mais apropriado dizer pôster: quadro era o original, aquela era uma cópia feita em papel. A paisagem não me atraía tanto quanto as meninas. Uma pescava e a outra, de cócoras, inclinava-se para colher conchinhas. Os vestidos brancos naquela areia me faziam crer que eram meninas bem-comportadas, bondosas uma com a outra. Kazuo chegou, encostando-se em mim. "Essa sou eu e aquela é você", disse, apontando o dedo para designar as figuras. Não cabia outra interpretação. Eu seria para sempre a mais velha, responsável por vigiar os gestos e controlar os horários, enquanto a pequena era toda liberdade; uma ovelha sem noção de perigo a quem eu devia pastorear.

Maravilhada, sobretudo com os objetos, Kazuo ia perdendo o fôlego de alegria enquanto apontava o par de sapatos e a bolsa minúscula a conter, decerto, algum lanche.

As meninas, de costas, facilitavam nossa transmigração. Em poucos minutos já não podia ver senão a minha irmã ali, de costas, pescando, ou eu mesma, a escrever iniciais na areia.

Escolhemos nomes para elas. Ani e Hell, duas heroínas de contos ouvidos à época. Atribuímos idades, origem familiar e local de residência. Durante algum tempo, elas foram nossas melhores amigas e uma versão melhorada de nós mesmas.

"Vamos brincar de quadro?", era a senha.

Logo no início, descobri que Ani se cansava rapidamente de pescar. Dizendo que os peixes não mordiam a isca, lançava-se logo ao lanche, que variava de acordo com o que tínhamos de verdade. Às vezes, Hell sugeria um chá inglês, tirando da cestinha um serviço complicado de porcelana e talheres de prata que arrumava sobre uma toalha de piquenique. Virtuosa como uma mãezinha, servia o líquido quente, descascava frutas e cortava fatias de bolo para a irmã menor. Aproveitavam a pausa para tirar os chapéus e comentar a beleza do dia. Havia sempre uma brisa a compensar o sol radiante, água fria para refrescar do calor, e longas, infinitas férias pela frente. A hora de ir para casa coincidia com o fim da tarde, que encerrava também a brincadeira.

Uma vez, invertemos os papéis. Kazuo fez uma Hell tão frívola e mandona que ameacei abandonar a brincadeira. Tentamos também introduzir algumas amigas: nunca tivemos sucesso. Nossa irmã Mais Velha não só esnobara o convite, como também zombara do que chamou de bobagem infantil.

O bebê ia nascer. Mamãe tinha ido para o hospital e aguardávamos em casa. Resolvemos brincar de quadro, mas de um jeito especial. Pegamos nossos maiôs de banho, óculos de sol, cadeiras de praia e nos acomodamos em frente ao pôster. Completamos a cena com sandálias, bonés e algumas bananas para o lanche. Dessa vez, eram Ani e Hell que viriam ao quarto cinza.

"É assim que nos vestimos para ir à praia", explicava Kazuo às convidadas, enquanto eu empostava a voz, comentando que elas encontrariam diferenças culturais, outros trajes e expressões, mais de acordo com a época e o lugar. "Talvez nem seja uma praia, mas um lago, onde vocês estão, não é?", perguntei, para escândalo de minha irmã. Estaria eu querendo estragar a história?, Kazuo protestou, do fundo de uma imaginação conservadora. Eu inventava tudo aquilo só para me exibir, ela alegava, irritada com a variação do jogo. Dei de ombros, talvez cansada daquele faz de conta tantas vezes repetido.

A Mais Velha entrou no quarto. Perguntou o que fazíamos vestidas daquele jeito. Sabendo que não íamos responder, foi logo ironizando. "Quadro, claro", e emendou um sermão agressivo, que nos amedrontou: "Vocês aí, brincando, nem sabem que não vai mais ter bebê."

Kazuo e eu ficamos mudas. Por mais zangada que estivesse, a Mais Velha jamais diria uma coisa tão séria, não sendo verdade.

"Por quê?", perguntei, batendo o queixo. "Ele se enforcou", ela respondeu, agarrando o pescoço com as mãos. "Nasceu enforcado", repetiu, e saiu do quarto, me chamando de tola.

Kazuo era só boca e olhos. "O que é flocado?" Impaciente, a corrigi, silabando a palavra, sem ligar o seu sentido trágico a um bebê. É quando a pessoa morre, expliquei. Ela continuou me olhando, o rosto uma animação japonesa, o dedo polegar livremente sugado. "Domm, nós vamos voltar para o quarto azul-e-rosa?" Eu queria ficar calada, estava com dor de garganta. "Não sei, Kazuo", eu disse, de má vontade. Ela respondeu com um suspiro espesso.

Pensei em mudar de roupa, por causa do frio, mas Kazuo pediu que continuássemos a brincar. "Dessa vez vou pegar uns peixes-voadores", prometeu, respondendo à acusação de desistir logo da pescaria.

Muito a contragosto, cedi aos apelos de minha irmã. Voltamos às posições de sempre, ela, de costas para mim, imitando segurar um caniço. Após um comentário sobre a grande quantidade de peixes no local, Ani/Kazuo virou-se e perguntou: "Então não vai ter bebê?" Agachei-me, olhando a própria sombra, e disse: "Você está vendo algum na praia?" Ani/Kazuo respondeu com um autêntico e espichado não. "Então seremos só nós duas", respondi, amável e tranquilizadora, tão madura que já não cabia mais dentro do quadro.

Em pouco tempo, Kazuo teve seu próprio pôster, e mamãe, um novo bebê. Nunca mais pude ser Hell, nem outra qualquer.

Bildungsroman

Os olhares diziam tudo, mas a crítica maior era o silêncio, incomum na casa e sobretudo anormal naquele momento. Entre a plateia, a presença de meu pai tinha o efeito de agravar o que se anunciava tenebroso. Eu começava a ser sugada por um abraço quando percebi que ainda segurava a mão do policial, parado junto à porta, que ninguém se lembrara de fechar.

O colo de minha avó foi um alívio, logo extinto por um vozeirão:

— Vamos para a delegacia.

Cravei os olhos em papai. Uma brincadeira, só podia ser, uns instantes de tensão e daí a gargalhada, a promessa viraria fumaça. Não era sempre assim? Nesse dia, ele se escorou na estante de livros e cruzou os braços. Procurei o rosto de minha mãe, que o mantinha escondido entre as mãos. Vovó mirava o assoalho. O policial mordeu o beiço e levantou as sobrancelhas. Senti que algo precisava ser dito.

— Foi a última vez, juro.

Uma agitação ligeira desarrumou aquelas poses de estátua. Braços foram descruzados, um pescoço virou-se para a parede, a ponta de um pé balançou um não. Foi quando entendi o que significava ter um passado.

— Quarta, filha. É a sua quarta fuga. E estamos em fevereiro.

Um assobio de exclamação voou pela sala: até o guarda ficara impressionado.

Não era hora de reclamar, mas havia um exagero naquela conta. Somava-se a isso a ida à casa de uma prima, que eu me esquecera de avisar.

Papai quis saber onde eu tinha sido encontrada.

— Num farol. Vendendo chicletes.

Mentira. Eu estava jogando. Três bolinhas de tênis, uma em cada mão, a terceira no ar. Ia aprender aquilo quando a moto encostou. Os outros meninos deram no pé. O policial tirou o capacete e perguntou o meu nome. Depois conversou no walkie-talkie e me pôs na garupa. Só paramos em frente de casa.

Os homens se afastaram, foram conversar num canto. Minha mãe inclinou o pescoço para ouvir e vovó perguntou se eu tinha fome. Neguei, acenando a cabeça. Em seguida, papai limpou a garganta e, sem dirigir-se a alguém em especial, anunciou:

— O juizado de menores pode querer ficar com ela.

Os únicos sons foram o grunhido raivoso de minha mãe e a colher de açúcar contra o copo nas mãos de minha avó. Nenhuma delas disse nada, mas todos passaram a se comunicar num pingue-pongue de olhares que me excluía. Por fim, o policial coçou a cabeça e encontrou uma solução.

— Criança perdida, é como vou notificar — disse, pondo-se a anotar num talão que tirou do bolso.

Papai o levou até a calçada.

Mesmo após a saída do guarda, a sala não voltava ao normal. Ninguém foi para o quarto nem se lembrou de ligar a televisão. Eu continuei onde estava, temendo qualquer movimento que desmanchasse a nova ordem criada. Papai voltou e, num salto, ajoelhou-se diante de mim. Nossos rostos ficaram na mesma altura. Vovó intercedeu, recomendando que ele se controlasse, eu era uma criança. Minha garganta se fechou de medo.

Só de perto a gente nota. Os olhos nunca param no lugar. As pupilas deslizam, como se estivessem a unir os pontos de uma figura. Um trapézio. Quanto mais meu pai me fitava, mais ligeiro aquele trapézio se refazia. De tão colados um no outro, mal pude vê-lo articular a resposta dada à minha avó.

— Oito anos. Ela sabe o que está fazendo.

Gostei de ouvir aquilo. Alguém tinha de me conhecer, entender afinal quem eu era, aprender a lidar comigo.

De repente, meus braços arderam e senti um vazio sob os meus pés. Havia sido tirada do chão. Atravessei, assim suspensa, a cozinha e o quintal. Só voltei ao chão em frente à lavanderia. Eu ia passar umas horas ali.

— Para aprender — ele disse.

Ouvi o trinco ser fechado por fora. Vozes abafadas vieram, depois partiram, desistindo. Olhei ao redor. A lavanderia funcionava também como um depósito de coisas velhas. Peças soltas, garrafas vazias, aparelhos quebrados. Tudo o que perdia uso acabava ali, no fundo de uma estante. Levantei-me e fui explorar aqueles trastes. Encontrei duas pilhas de discos e uma caixa de jornais antigos, um candelabro e uma bola murcha atrás de uma centrífuga, um martelo e ferramentas de jardim há muito não tocadas. As paredes sem pintura pareciam acentuar o abandono dos objetos. Um papel desbotado forrava as prateleiras.

Voltei a sentar no chão. Precisava me concentrar. Achei que estivesse com fome, vi que não. Tentei pensar mais um pouco. Ele tinha descoberto um bom quarto para castigos. Entendi, então, que futuro me esperava: voltar àquele depósito até perder o gosto da rua, até entender qual o lugar certo para mim, a fujona.

Fui até a porta, forcei a maçaneta. Lá fora, apenas os grilos anunciavam estar vivos. Cheguei a imaginar como seria minha vida trancada para sempre ali dentro. Teria de beber água da máquina de lavar, me alimentar de bichos, um nojo. Podia ficar pele e osso e adoecer, mas insetos eu jamais comeria. Num susto, vi um rato. Olhei melhor, era uma meia. Esperei uns segundos. Nada se mexeu. Levantei-me e cutuquei uma caixa que ficava junto ao sabão e o amaciante. No interior, encontrei uma flanela, escovas e tintas de sapato. Abri um tubo. Na tampa vinha acoplado um pincel de ponta dura. Escolhi o marrom e comecei a pintar as minhas unhas. Primeiro as mãos, depois os pés. Em seguida, assinei o meu nome no piso. Não era bem uma assinatura, só o nome completo em letra cursiva. Passei os dedos em cima. A madeira absorvia a tinta sem deixar nenhum borrão. Escrevi de novo, animada com a minha caligrafia, que ficava melhor a cada tentativa.

Eu não sabia compor frases, ainda, a menos que fossem curtas; pensei em algumas, todas soaram bobas.

Queria palavras que dissessem coisas.

Comecei então a fazer uma lista. Anotava cada item, descrevendo-os se não podia identificá-los. Do chão passei às paredes, e no marrom emendei o preto. Tudo que perdera o uso ou era esquecido estava agora por escrito. Só parei ao acabar a tinta. Então me recostei na máquina de lavar. À minha volta, as palavras ocupavam o espaço até a altura do meu braço esticado. Algumas linhas estavam tortas. Pus, por equívoco, um s no lugar de um z. Um nome ficou incompleto.

Acordei com um barulho na porta. Papai entrou num jato, ia dizer algo, mas se interrompeu. Pela cara, não gostou do que viu nas paredes. Tive receio de ele ficar bravo por eu ter transformado em diversão um castigo.

Condições do tempo

É sempre difícil encontrar o momento inicial, o quê deflagrador de uma história cuja importância só será conhecida em um longínquo depois, já instalado no campo linear de nossas biografias. O quase nada dos primeiros movimentos é apenas uma sombra sem volume nem extensão o bastante para a estrutura mental fazer registro. Muito simples, nosso cérebro não reconhece os sinais sutis de uma pré-história, os elementos irônicos a maquinar um destino. Escapa-nos a faísca que irá gerar o grande incêndio. Assim, toda primeira lembrança é uma peça de ficção, um zero simulado, uma abstração inchada na consciência e que se adensa até oferecer o fruto já formado. No instante curto entre nascimento e morte, experimentamos um máximo de desatenção. É sobre essa desatenção que quero falar agora.

Mesmo parecendo frio, o toque na campainha marcará o meu começo. Limpo a garganta, alinho uma gravata imaginária e, empurrado pela pauta de racionalizações que formulei durante a semana, encaro o retângulo discreto à direita da porta. Basta um dobrar de ossos para a mão espalmada atingir a altura do botão que, acionado, irá suspender meu ruminante estado de controle e atirar-me aos leões do acaso. A partir daí terei de obedecer a um roteiro desgovernado, feito de improvisos e reações por vezes contrárias aos meus interesses. Talvez por isso meus dedos hesitem em pôr a funcionar essa máquina do tempo. Tremem, como se fossem encarregados de dar corda ao relógio da Criação e duvidassem da seriedade do Criador. Podemos confiar nele?, me apontam soldados incertos da inteligência do comandante. E num gesto, que é mais uma resposta raivosa do que uma escolha, decido espetar meu *point of no return* no calendário.

Nesse ínfimo segundo, um rapaz se aproxima. Posta-se a meu lado e lança-me um olhar oblíquo. Um desconforto competitivo instala-se entre nós. Animal indeciso, recuo dois passos e aponto a campainha, cedendo a carne à fera mais aparelhada. Examino-o pelas costas. Os ombros sustentam um casaco bem cortado, que combina com a grife do perfume. Vá em frente, digo. Ele não agradece a vez concedida. Fingindo olhar a rua, vira-se sutilmente para me observar e, então, dá partida ao motor que nos conduzirá à ação.

Embora não se escute aqui de fora, meu ouvido interno alcança a frequência das três notas anunciando visitas. Conheço a marcha de afazeres que o som da campainha desencadeia do outro lado. Um eu antigo ainda vaga pela casa, troca chinelos por sapatos, deita uma última olhada nos cinzeiros e abajures e, por fim, segura a maçaneta, sempre acompanhado de Lucius em sua postura de estátua. Num devaneio aterrorizante, imagino esse eu de antes abrindo a porta para esse eu de agora. Encosto-me à parede, suplicando ao concreto do muro a confirmação de minha existência, única e real, e recebo de volta um impreciso apoio de nuvem.

As dobradiças mal se mexem e, pela fresta, vislumbro as patas de Lucius escavando o ar. Os latidos curtos e nervosos entoam um velho libelo repetido toda vez que a porta de entrada é aberta. Essa casa tem dono, ele adverte, listando regras que deverão ser seguidas desse ponto em diante e enquanto se estiver nos domínios de sua propriedade. Sim, Lucius, concordo com as cláusulas, digo mentalmente, enquanto estendo uma das mãos para ele cheirar. Ao reconhecer-me, joga o focinho no solo e inicia um novo protesto, desta vez contido e choramingueiro. Prevenido para esse encontro, neutralizo a fragilidade que me devora os músculos e, animal superior, despenteio as orelhas murchas do cão.

Às voltas com o pequeno grupo que se formou no vestíbulo, Fátima, envergando o avental de linho, divide o sorriso afável entre mim e o outro convidado enquanto reprime os modos do cachorro em um dialeto só deles. O rapaz que entrou comigo se encolhe na parede, temeroso de que seu terno vire tapete nas patas de Lucius. Ele não passa de um velho resmungão, Fátima diz para tranquilizar o estranho. Seu olhar bate na altura do meu queixo e volta para Lucius, como num movimento de câmera mal enquadrada. É verdade, Fátima, ele já tem doze anos, ouço minha voz apagada de emoção comentar os caprichos do tempo, que corre tão mais ligeiro para Lucius e seus irmãos.

É curioso observar a velhice nos animais. Demora-se a descortiná-la. Pelos, dentes e onde mais estará? Apanho o osso de borracha e atiro-o para longe. Lucius acompanha o arco de meu braço levantado, o brinquedo caindo, mas não se anima a buscá-lo. Será indício da decadência que lhe cobre o corpo ou apatia por mim? Afago aquela massa castanha já opaca e cheia de falhas que encobre um pulsar arfante e deixo-me envenenar lentamente pela ausência dolorosa que consegui estancar até hoje, negando a importância desse bravo cocker em minha história. Lucius sobreviveu a três batalhas sérias de rua, entre as quais o ataque de pit bulls no campo de beisebol da Lagoa. À exceção da morte da mãe de Guilherme, foi o dia mais tenso que presenciei nesta casa. Nenhuma das situações me exigiu mais do que telefonar, contratar serviços, mostrar-me hábil, diligente, confiável. Por fim, oferecer o ombro e aninhar o desamparo de Guilherme e, nele, o de toda a humanidade.

Quadro novo, Fátima?, o convidado indaga, em referência ao cone luminoso que recorta uma das paredes. Voltamo-nos os três. A tela abre-se em uma abstração de fios que se cruzam e, nesse trançado, transfiguram-se em novas formas, diferentes a cada vez. Os tons cítricos das cores conduzem a um exercício visual hipnótico, relaxante. Nenhum malabarismo enunciativo de caos, nenhuma angústia de interpretação ali. Apenas um passeio descompromissado pelo universo de quadrados e curvas vibrantes, o olhar flanando pelo mundo essencial da geometria.

Ele fez no computador, Fátima informa ao visitante, que não enxerga a assinatura indubitável do autor. Para mim, era fácil reconhecer um quadro de Guilherme. Embora os críticos apontassem a especialidade do seu trabalho buscando referências em toda a história da arte, ele era fundamentalmente um menino que gostava de desenhar. Preservara, não sei a que custo, a fome da criança diante de folhas de papel e lápis de cor. Ainda recordo a véspera da inauguração do museu que lhe fora encomendado. Depois de fugir ao interrogatório do repórter de uma revista de arquitetura japonesa, ele me levou para o morro de onde se tinha uma bela vista da obra recém--concluída. Enquanto a mão direita aplainava no ar as linhas já armadas em concreto, a voz me ensinava a ler a gênese daquela elaborada estrutura. Aos poucos, meus olhos iam aprendendo a completar o óbvio, a enxergar o peixe pulando nos traços enganadores do estereograma. Um novelo de lã tirado do cesto da mãe: eis o mistério de sua arte. O colorido e o enredo de fios que iam sendo tecidos até virar outra coisa nas agulhas que ela regia eram o substrato lírico de Guilherme, sua infância perdida, seu rosebud. As linhas que atravessam o painel à minha frente piscam em cumplicidade.

O outro convidado nos cumprimenta com um meio sorriso e desaparece no corredor. Fátima suspira. Ficamos a sós pela primeira vez. Tudo nela parece enfunar a magreza de quando chegou aqui, ainda menina. O coque puxa o cabelo para a nuca, descortinando um queixo volumoso. As pálpebras formam abas no cimo dos grandes olhos, que teimam em se concentrar num ponto vazio do piso. Torce e retorce dentro de mim a vontade de perguntar o que ela pensa de minha volta, do porquê de minha partida; porém, a clareira silenciosa que se abre entre nós é uma condição que Fátima impõe. Se sua raiva foi mitigada pelo lugar subalterno que ocupa na cozinha, a falta de palavras é um elevado sinal de desprezo, um repúdio ao sofrimento que causei a Guilherme e a que ela terá assistido, padecendo com ele a cada ato que compõe o funesto espetáculo do abandono.

A constrangedora cena de mudez é interrompida por um latido que delata nova presença lá fora. Fátima e eu olhamos instintivamente para a porta. Quando me volto, vejo que ela enxuga uma lágrima e torce os lábios para controlar a convulsão do queixo. Sinto-me impelido a oferecer consolo, mas ela vira a cabeça para o lado, respira fundo e, empinando um silêncio, retoma o trabalho.

Esgotado meu prazo de reconciliação, embainho a derrota e sigo até a sala principal. O caminho ao inferno não deve ser mais penoso. A familiaridade mais antiga que um corpo pode ter com o espaço mostra-se violada. Cada objeto foi esvaziado de seu valor sentimental, do mana todo-poderoso que os distinguia. Acaricio o mármore daquele escultor que eu tanto amava, e não consigo sentir sequer a superfície gelada da pedra branca. O que antes materializava o bom e o belo se desfez em um amontoado de coisas de vitrine, anônimas e desalmadas. Um bazar de quinquilharias.

A casa permanece, no entanto, ainda firme na leveza de suas treliças e venezianas, no perfume do jasmineiro oculto lá fora. Ao desenhar a planta dessa morada, Guilherme projetou a brisa que nela entraria e o perfume soprado no ar. Nenhum detalhe lhe escapa. Seu mundo é inteiro ou não vale a pena, assevera, no bordão provocativo que resume a integridade que põe em tudo e que, simetricamente, também exige. Por ele, e por sua grandeza, tentei o máximo, mesmo sabendo que o máximo é uma medida variável, e que qualquer erro de cálculo poderia revelar uma curvatura estratosférica a separar irremediavelmente a casa e o pé de jasmim.

Éramos quase adolescentes quando descobri que a rivalidade febril, a curiosidade detalhista por tudo que Guilherme fazia, o incontrolável ímpeto de querer subjugá-lo, as pequenas perversidades que armávamos um para o outro, tudo era, na verdade, o linguajar estouvado da paixão. Foram necessários anos de leitura e terapia até eu aceitar o código inexato daquele desejo. Só bem mais tarde, escondida atrás da pilha de romances empoeirados onde se lia que o amor pinga frases de puro açúcar em torno de vestidos e laços de fita, descobri outra gramática. A partir de então, não nos separamos mais. Até o dia 19 de fevereiro de 2003, quando, ao contrário do balbuciar ininteligível dos inícios, deixei esta casa com aviso e hora marcada. Era o fim, e era muito infeliz para que eu fosse o único responsável, mas Guilherme não entendia, talvez nem eu.

Vindo do centro da sala, um garçom passa carregando uma bandeja e me ignora. Dois passos adiante, serve a uma senhora de quem quero lembrar o nome e não consigo. Ter-me tornado transparente no lar que já me pertenceu deve ser a última fronteira da total dissolução. Apanho clandestinamente um drinque e circulo por entre os convidados à procura de um rosto conhecido. Em nossa espécie, é natural querer enxergar aquele que nos dará a dimensão de nós mesmos. A sensação de isolamento é a mais cruel das experiências, a mais desumanizante também. Se deixados à própria conta, bebês não sobrevivem; quando sobrevivem, ajudados por bichos, por exemplo, não desenvolvem a linguagem articulada, perdendo o que temos de geneticamente mais evoluído. E porque conhecemos a dor de estarmos sós é que cobrimos com um filtro de invisibilidade tudo que nos ameaça. A prática é perfeita. Isolar até matar de solidão. Mas basta uma pessoa, apenas uma, nos assinalar e voltamos rápido à vida, inchados de realeza. O amor deve ser o grau máximo de civilização, concluo, é até onde pudemos chegar vencendo o primitivismo assassino de nossos hormônios.

A vidraça aberta estende o ringue da pequena festa para o lado de fora, reconstituindo a época em que todo destempero e prazer eram permitidos na casa. Mesmo se a realidade ameaçasse a muitos de nós, e toda gama de infortúnio roesse estômagos e almas, durante décadas Guilherme e eu mantivemos no ar a certeza de que não podíamos deixar a alegria morrer. Uma tradição que a alguns evocava a Berlim dos anos 1920, a outros os salões escondidos da Suíça durante o reinado de Hitler, a Côte d'Azur dos russos nobres migrados e, para os nossos contemporâneos, uma extensão das areias de Ipanema dos anos 1970. E ao contrário de Gatsby, que observava tudo de longe, nos divertíamos muito e em primeiro lugar.

Mudar-se, é o que Guilherme devia ter feito. Verdade é que nos nossos últimos meses ele quase não ficava em casa. Ao voltar, de manhã, bêbado, tratava de fechar-se em seu quarto e não aceitar qualquer interferência a essa nova rotina. No vendaval que nos apanhou, até mesmo as raízes mais fundas foram removidas. Não podia ajudá-lo a mudar, a enxergar a sua autodestruição, a fazê-lo cuidar de si. Eu passava as noites transido de espera, querendo apenas vê-lo vivo ao amanhecer. De novo a vida falava de um jeito estranho e nenhum de nós entendia.

A claridade do passado atrai-me para o jardim, onde as pedras brancas dos canteiros fosforescem ao luar. O olmo brilha mais do que tudo. Foi trazido do sul do Chile, uma plantinha escondida no bolso, alimentada de terra especial, cuja dosagem de NPK fora difícil de acertar. Excluindo Lucius, era a primeira coisa que eu via crescer, perder as folhas no outono, ganhar na primavera, enfrentar desequilíbrios naturais e vingar árvore adulta. O efeito luminoso vindo de tochas espetadas no chão dá um leve bailado a sua copa, que se inclina em reverência.

Às minhas costas, o burburinho cessa por um instante. Volto-me para entender o motivo daquela pausa e vejo um pequeno público acercar-se de uma cadeira recém-ocupada. Uma atmosfera de ternura se insinua nos gestos. Os convidados roçam de modo fraterno os ombros uns dos outros e abraçam-se como se não se vissem houvesse muito. Ao centro, escondido por óculos escuros, demoro a reconhecer o rosto triste de Guilherme. Há pouca força nele, o que obriga as pessoas a se inclinarem para ouvi-lo. Assisto a tudo empurrado por uma distância que não é real. Estou a poucos metros de Guilherme, mas tão invisível como se o observasse através de um Hubble pousado no espaço sideral.

Quando reencontrei Guilherme – ambos já crescidos, escalavrados pela vida – antevi uma ponta do meu destino. Ordenado e reflexivo, meu cérebro foi invadido por um cavalo selvagem. Da noite para o dia abandonei os planos de viajante misantropo para me transformar num peregrino alucinado. Rasguei todos os poemas de amor, envergonhado por reconhecer um apanhado mortal de clichês na letra infantilmente desenhada, e montei vigília em frente ao apartamento onde ele vivia. Ao final de três dias, ele abriu a porta, me deu de beber e comer, me pôs para dormir. Voltei, assim, aos pequenos hábitos que indicam uma mente saudável. Mas alguma coisa nunca se recuperou em mim. Havia um grande sofrimento à minha espera, e nada poderia evitá-lo. Por vezes, nas horas mais simples, rebelava-se uma esperança. Se eu me esforçasse muito, concentradamente, acharia o que contrapor àquele sentimento absurdo que me interpelava todos os dias. Em coisas pequenas, simbólicas, de valor universal, concentrei uma disciplina suficiente para me salvar.

Os livros que escrevi, as virtudes que me impus, a negação aos apelos da existência para domar o espírito: tudo foi insuficiente. Abandonar Guilherme concretizava uma certeza aventada desde o princípio. Deixei a casa sem levar nada comigo. Guilherme, aos poucos, foi apagando as provas da minha presença. Doou roupas, distribuiu objetos entre amigos, trocou de quarto e deixou de pronunciar meu nome.

A existência é uma noção dada pelo tempo. Nossa única e inapelável condição. Fora dela, vagamos despercebidos naquela mesma faixa das coisas que ainda não são e das que deixaram de ser. Simulo então como seria minha vida se permanecesse nela. Invento-lhe uma continuidade, sigo rotinas. Acompanho a dor de Guilherme, brigo com ele, saio batendo a porta, volto, nos reconciliamos. Sou forçado a reconhecer, contudo, a realidade de minha ausência, a interferência inócua de meus atos, a inútil sabedoria que declaro ao vento. Há um saber, dado pelas coisas tangíveis, que foi extinto. As emoções se ofuscaram a ponto de eu desaprender como eram, o que as movia, que influências exerciam sobre o meu comportamento. Pessoas, nomes e datas se embaçam até o oblívio. Por isso não posso nem devo abandonar esta casa. Quando esquecer a sua estrutura e a posição dos móveis, o nome do cão e a história de Fátima, tudo estará definitivamente perdido.

Na sala, os convidados ficam ativos. Deixam as poltronas e se aproximam mais ou menos em fila da porta envidraçada. Por hábito, cedo a passagem e acompanho aquele esquisito cortejo. Ponho-me ao lado de Guilherme, que leva junto ao peito uma caixinha escura. Vamos em direção ao jardim no passo leve e arrastado de quem adia o momento da chegada. Acanhados, formamos um semicírculo em volta do olmo. Uma mulher vestida de preto diz palavras bonitas. O rapaz que entrou comigo lê uma passagem da Bíblia, alguém recita um poema. Depois de um instante embaraçoso, todos voltam o olhar para Guilherme, que, vagarosamente, sentidamente, destampa a pequena urna. A paisagem e as pessoas flutuam por trás das chamas altas plantadas nos canteiros. Tudo está incorpóreo, eivado de seu instante. Deixo então de ser o fantasma esquecido que ronda a casa e volto à vida pelas mãos de Guilherme, que espalha minhas cinzas sob a árvore chilena.

Nota do destino

Se a tosse não acalmasse teríamos de buscar um hospital, por isso aceitei quando ele sugeriu que fôssemos caminhando até aquela praça, o lugar do mundo que eu mais amava, eu disse, em voz alta, para ele saber tudo de mim, e para usar amor em alguma frase, pois a palavra amor o acalmava, e de fato ele já não tossia, então senti que tinha de ajudá-lo a se despedir da cidade onde ficava a praça para provar que ele merecia a beleza até o fim, e também para me esquivar da verdade que contaminara tudo, e que ficaria pior dali para a frente, entendi, porque eu não poderia continuar amando aquela praça sem ele, que, nessa hora, subiu em uma coluna de Buren equilibrando-se num único pé, enquanto os meus olhos se queimavam e o mundo ganhava o tom sépia que persiste até agora.

Agradecimentos da autora a Cláudia Buchweitz, Márcio Debellian, Stefânia Chirarelli, Andrea Villas--Boas Camões e Dona Vivi. A Eugênia Ribas-Vieira, dearest, e a toda Riff.

Os contos listados a seguir figuraram originalmente nas seguintes publicações: "Bodas de pó" – Jornal *O Globo*, 2015; "Bildungsroman" – Revista *piauí*, 2007; "Toda história em Paris é uma autobiografia" – *Traição (Granta* vol.13), Alfaguara, 2015; "Enquadramento" – *Contos sobre Tela*, Pinakotheque, 2005; "Condições do Tempo" – *25 mulheres que estão fazendo a nova literatura brasileira*, Record, 2004; "Biografia e Correspondência" – *Dias de Domingo*, José Olympio, 2021.

Este livro foi composto na tipografia Minion Pro,
em corpo 12/16, e impresso em
papel off-white no Sistema Cameron da
Divisão Gráfica da Distribuidora Record.